XUEDU WENCUI

雪都 文萃

第 四 辑

吴广平 主编 董立勃 等 著

北京时代华文书局

图书在版编目（CIP）数据

雪都文萃. 第四辑 / 吴广平主编；董立勃等著. — 北京：北京时代华文书局，2023.7

ISBN 978-7-5699-4993-3

Ⅰ. ① 雪… Ⅱ. ① 吴… ② 董… Ⅲ. ① 中国文学 – 当代文学 – 作品综合集 Ⅳ. ① I217.1

中国国家版本馆 CIP 数据核字（2023）第 131708 号

XUEDU WENCUI DI-SI JI

出　版　人：陈　涛
责任编辑：余荣才
责任校对：李一之
装帧设计：西　鸿　饶克义
责任印制：訾　敬
特约筹划：乌鲁木齐市向好文化传媒有限公司

出版发行：北京时代华文书局http://www.bjsdsj.com.cn

　　　　　北京市东城区安定门外大街138号皇城国际大厦A座8层

　　　　　邮编：100011　电话：010-64263661　64261528

印　　刷：三河市嘉科万达彩色印刷有限公司

开　　本：787 mm×1092 mm　1/16　　　成品尺寸：185 mm×260 mm

印　　张：9.75　　　　　　　　　　　字　　数：220千字

版　　次：2023年10月第1版　　　　　印　　次：2023年10月第1次印刷

定　　价：56.00元

《雪都文萃》丛书编委会

主　任：蓝盛新

副主任：郝鲁涛　　吴广平

编　委：杨建英　丁勇杰　王兴水

　　　　王展飞　刘新海　向　京

书名题签：吴广平

文人相"亲"

克 兰

　　针对喜欢或不喜欢某一类文学艺术作品，人们爱用"萝卜白菜，各有所爱"来解释其背后的原因。文学艺术不是萝卜、白菜，其创作过程像厨师把萝卜、白菜做成美味佳肴的过程，添油加醋是必不可少的，色、香、味是各有所长的。卖相、味道、营养，哪一样都得应人之需，才能卖个好价钱。如果谁能把萝卜、白菜做出肉味、鱼味，或者让食客吃不出萝卜、白菜味，那他肯定是魔法大师。将这种技能类推用在文学创作上，兴许就离获得诺贝尔文学奖不远了。

　　爱好文学与爱好绘画、舞蹈、音乐、书法等艺术不同，不需要额外或太多的花费。老祖宗留下的语言文字，一直都是免费使用的。我感觉自己就是花费一些时间和精力，写出一些令自己激动万分但别人可能无动于衷或感到莫名其妙的文字罢了。如果不追求经济效益，甚至不用花邮票钱和上网流量费就能发表。文学从来都不缺少爱好者，只是层次不同：有追求更高境界的"灵魂工程师"，有满足自我消费的"家庭厨师"，也有专找"牲畜粪便"的"屎壳郎先生"。这些并不影响文学作品的生产和消费，所以，担忧文学无未来或迷信文学前景美好都不可取。

　　记得收藏家马未都先生说过，有许多比文学更美好的东西值得去爱。既然如此，为什么还有许多人挤在文学的羊肠小道上呢？答案并不重要，重要的是，很多文学爱好者在心里期许这条羊肠小道是通向草原花海、牧歌山泉的一条捷径，无可替代。

　　被誉为"金山银水"的阿勒泰正是"羊肠小道"展示的那样一片天地。当初看到《雪都文萃·第一辑》出版时，我心头一惊，想着阿勒泰还有一群文化人在坚守阵地，真不容易。文学梦一旦开始，就像牧羊人厮守羊群一样，无论是冬牧场还是夏牧场，都会相伴着千里跋涉，逐水草而居。

想起那句"文人相轻"的古话，真怀疑当初有人误听误写，把"亲"弄成"轻"，结果以讹传讹。文人相"亲"应是常态，只有"三观"不同才会相轻。能凑到《雪都文萃》中的人，应该是相"亲"的结果，只不过是名头和风格各异罢了。阿勒泰的"金山银水"与"智者乐水，仁者乐山"最为契合，这注定《雪都文萃》少不了"文人缘"。

目录 MuLu

首席作品
SHOUXI ZUOPIN

地域写真
DIYU XIEZHEN

时代传真
SHIDAI CHUANZHEN

地域文本
DIYU WENBEN

行吟阿勒泰
XINGYIN ALETAI

飞雪炽烈　董立勃

首席作品
SHOUXI ZUOPIN

◇
董立勃

飞雪炽烈 *

作者简介:

董立勃,山东荣成人。中国作家协会全国委员会委员,新疆作家协会名誉主席,中国作家协会会员、一级作家,新疆文史馆馆员。至今已发表并获得出版的作品有长篇小说《白豆》《米香》《烈日》《青树》《疏勒城》《暗红》等20余部,发表中短篇小说近百篇,出版小说散文集8部、文集14卷。获过多种文学奖项。多部作品被译传至国外,以及被改编摄制为电影与电视连续剧。

安怀民坐在办公桌前,看着新到的文件,听到电话铃声响起,拿起电话一听,竟然听到的是儿子的声音。

儿子说:"爸爸,妈妈做好饭了,你快回来吃饭吧。"

安怀民听见儿子的声音愣住了,不是儿子的话有什么毛病,而是儿子的声音出现在电话里,让他有些惊异。

不过,他马上就明白是怎么回事了。上午,后勤主任跟他说,下午会给他家安一部电话。

当了书记后才知道,家里有一部电话有多重要。多少次发生紧急情况时,人们都是在半夜里去敲他家的门,等到他起身穿上衣服,赶到出事现场,还是去得有些晚了。不是他有多重要,而是书记这个岗位太重要。许多时候,书记不到场,别的人拍不了板,就会耽误、影响工作。所以,他给后勤主任说,一定要尽快给他的家里安装一部电话。

只是,他怎么也没有想到,安装上电话后,第一个打来电话的竟然是儿子——喊他回去吃饭。这让他不由得有些生气了。

离开办公室,回家去吃饭,他推开家门走进去,两个孩子马上扑上来说:"爸爸,我们家安电话了。"

妻子史云娟也说:"有电话真是方便,你看,一打电话你就回来了,以后不用再吃凉饭、剩菜了。"

往常只要两个孩子扑过来,安怀民都会揽在怀里,在他们脸上亲一下,可这一次,他没有理会,脸色阴沉地走过去,坐到了凳子上。

---

* 选自长篇小说《可可托海往事》。

史云娟注意到了安怀民的表情,问安怀民出了什么事。

安怀民说:"你们听着,这个电话是我的工作电话,你们以后谁都不能碰。"

史云娟说:"打个电话,算什么事,用得着这么凶吗?"

安怀民说:"你们要明白,这个电话,不是给我安的,是给书记安的,是为了让同志们更方便、更快地找到书记,不耽误生产工作。我不是你们的书记,是你们的家人,所以你们是没有权利用这个电话的。"

两个孩子被安怀民的表情吓坏了,刚才因为打电话带来的兴奋一点儿也没有了。安怀民让两个孩子站到他跟前向他保证,以后再不去碰那个电话了。

两个孩子点着头说:"爸爸,我们再也不会给你打电话了。"

史云娟把饭菜端到了桌子上说:"这算个啥事,行了,赶快吃饭吧,孩子们都饿了。"

安怀民说:"还有你,也一样。"

史云娟说:"谁稀罕给你打电话。"

这一年冬天比往年来得早,刚过完国庆节,就下雪了。雪下得还挺大,积雪近半米深,许多平房被大雪封住了门。为了保证正常的生活与生产,全矿区上下用了两天时间清除了道路上的积雪。

无论风雪来得多么狂野,无论落下来的积雪多么厚,在三号矿脉露天采场上,矿工们忙碌的身影一直没有消失过。风雪中的矿工们个个都如同穿了白色的衣服,嘴里呼出的热气也在眉毛和胡子上结成了霜。挖土机轰鸣着,排气管"突突"地冒着黑烟,往矿车里装着矿石。寒冷让机器也有些受不了,好几辆运矿车在环山的雪坡路上走着走着,就"趴"下不动了。

安怀民有一个习惯:每天都去三号矿脉看一看。一是这个矿脉就在可可托海镇里,离他的办公室也就一千多米,来去方便;二是这个矿脉太重要,陈志远不止一次对他说过,这个矿脉举世无双。可可托海之所以会被国家高度重视,就是因为有这个矿脉。

安怀民看到运输矿石的矿车数量明显减少,并且还有几辆在坡道上抛了锚,一股火气顿时冒上了心头。这样的生产状况,怎么能保证矿石的产量呢。他问工人们:"肖长峰呢?"工人们往作业面一指说:"在那干活呢。"

矿长和工人一块儿干活,这种工作作风值得肯定。但作为矿长,干多少活不重要,重要的是,能发现问题、解决问题。安怀民走到肖长峰跟前,指着盘山道上"趴窝"的车,问他是怎么回事。

肖长峰知道安怀民为什么一脸怒气。其实这两天他没少对手下人发脾气。可有时候,光发脾气是没有用的。运矿的自卸矿车,一种是苏联制造的385型,一种是国产的解放牌。这两种车都有一个毛病,就是车厢的钢板太薄,经不起矿石的碰撞,用不了多长时间就得检修。有毛病的车子太多,机修厂根本修不及,再加上这些日子天气太冷,润滑油凝固,车子也会突然熄火。三十五辆自卸车,到了这会儿,能正常工作的,只有八辆了。当然,还有一个原因,和车子没有关系,那就是开车的师傅们不少得了浮肿,只能躺在床上休息,不能再来上班,这使得一些矿车因为缺少驾驶员而无法开工。

看到安怀民书记在批评肖长峰，干活的工人们围了过来，替肖长峰说起好话。说肖矿长连着好几天都没有回家，就睡在工地的值班室里，为的就是能及时解决生产中出现的问题。

安怀民这才注意到肖长峰口鼻处的胡子乱成了一团，眼睛里也布满了因没有睡好觉而出现的红丝，再看看四周的工人也一个个因营养不良而面容憔悴，突然觉得自己的鼻头有些发酸。

来到矿上当领导这几年，对于手下的干部和工人他是了解的。他们也许讲不出什么大道理，可对筋骨里的力气、身体里的汗水，向来不会吝惜。眼下的困难，也是他们凭自己的能力实在无法克服的。不然的话，他们是不会让产量受到影响的。都说矿石宝贵，真正宝贵的是这些工人。没有他们，再贵重的矿石，也只能躺在地底下睡觉。

安怀民说："同志们，你们给我说实话，是不是好多天没有吃饱过了？"

工人师傅说："我们知道，给我们的口粮标准是最高的了，就算是吃不饱，我们也没有什么怨言。"

安怀民说："吃不饱，身上的力气也会不足。这么重的体力活，还怎么能干得多，干得好呢？我作为矿上的党委书记，不能让你们这些一线的工人吃饱肚子干活，是我的失职呀。我向你们道歉，你们放心，我一定想办法再给你们增加口粮。"

转过头，安怀民又对肖长峰说："我命令你，马上回家休息，不然的话，柳芭同志会找我算账的。休息好了以后，你写一个报告，急需多少挖土机、运矿车，包括需要

它们的迫切性和重要意义。我亲自去要，在新疆要不到，我就到北京去要。"

肖长峰不想马上回家休息，想在工地上再忙一会儿。安怀民不由分说，拉着肖长峰就走，一直把肖长峰送到家门口。

不想敲开门以后，肖长峰却被柳芭堵在了门外。柳芭一脸不高兴地说："你是不是觉得我的腰变得粗了，脸上有了皱纹，不再稀罕我了？正好书记也在，我可不想和一个不爱我的男人一块儿过日子，要不，咱们把离婚手续办了，明天我就带着孩子回我的老家圣彼得堡。"

肖长峰说："老婆子，真是因为矿上的生产太忙了。"

柳芭说："以前，生产也忙，可你还是会天天在家住的。"

肖长峰说："现在不正是特殊时期吗？遇到的问题多，我这个矿长不在现场解决不了。"

说着，肖长峰把目光转向了安怀民。这个时候，安怀民的话会比他的话更有作用。

安怀民当然知道这个时候要说什么了。他对柳芭说："我作证，肖矿长这几天确实在矿上忙着；我担保，他对你的爱一点儿也没有改变；他这样连着几天不回家，是他的错，他必须向你道歉。"

安怀民一脸严肃地让肖长峰向柳芭道歉。

肖长峰苦笑着说："柳芭同志，是我错了，请你原谅我。"

柳芭说："光道歉有什么用？"

说着，柳芭一转身进了屋里，被她堵着的门开了。

安怀民推了肖长峰一把说："你和柳

芭同志的关系,不但是夫妻关系,还牵涉到国际关系,你要是处理不好了,看我怎么收拾你。"

1960年初春,矿党委开了一次会,这次会没有研究别的事,只研究"吃"的问题。

往年的粮食,不用问,到了日子,大卡车就会一辆辆开进来,卸下来的面粉堆得像小山一样。谁都没有想到,有一天居然会为吃的事发起愁来。

运粮车没有及时出现,并没有人为此着急,粮库里多少都有些存粮,晚几天送到不会影响什么。等到三个月过去了,还没有看到运粮车的影子,管粮食的后勤干部才着急起来。

民以食为天,吃的事有多重要,安怀民当然知道。但他对眼前的情况,并没有多想什么。虽然这几年工作在矿业战线,对农业生产并不是太了解,但经常看报纸的他还是知道,农业年年都在大丰收,真的卫星还没有上天,田野上的"卫星"却是一个接着一个飞上了天。小麦、水稻的产量——最高亩产升到了几万斤、十几万斤,让他又惊讶又激动。自己生长在农民家,地里的庄稼能长成什么样子不是不知道。不过,他很快就说服了自己,现在是社会主义、人民公社了,"大跃进"创造的全是奇迹。既然是奇迹,就没有什么是不可能发生的了。

所以,后勤主任着急时,他没有着急。安怀民说你去催一下,不可能没有粮食,一定是有什么别的原因,没有及时把粮食调拨给我们。直到半个月后,派出去催粮的后勤主任空着双手走到了他的面前,一脸无奈地说,粮库里真的没有粮食了。听到

这个话,安怀民才意识到问题的严重性。只要是没有成家的干部和工人,一天三顿都在公共食堂就餐。食堂里每天要用的粮食,至少也在五百公斤以上。这么大的用量,如果没有充裕的粮食供应,食堂很快就无法保证让工人吃饱了。

原本吃饭是放开了让矿工们吃。矿工们干的是体力活,不吃饱干活就会没有力气。粮食出现短缺后,不得不实行定量,发了饭票,每一个矿工每天的口粮不能超过一斤。就是这一斤,在过了一个月后,也不能保证了。每天的口粮下降到了六两。六两也就是三个小馒头,显然对于强壮如虎的矿工们来说,是不可能填饱肚子的。

安怀民皱起了眉头。生产第一线的矿工们干着最重的活。任务能不能完成,全靠他们。他们吃不饱,直接影响矿产量。矿产量不能保证,不管是出口,还是军工,都会受到影响。别的事可以受点影响,但这个事不能受影响。他立下过军令状,他代表全矿的人保证过,无论遇到什么样的困难,都会按时完成中央交给的任务,说什么也不能因为吃的问题让矿产量降下来。于是,矿党委破天荒地开会,研究起了吃饭的问题。

大家都不信,年年大丰收,产量放"卫星",怎么可能没有粮食吃了?安怀民也不信,可到底是怎么回事,他也说不出。弄不明白的事,先放到一边,先解决眼下的问题。大家很快就达成一致。取消定量供应,实行"配给制"。矿山工人每天六个馒头,车间工人每天四个馒头,机关工作人员每天给四碗玉米糊糊。粮食就那么多,要想让这一部分人多吃一点儿,另一部分人

就得少吃一点儿。谁也没有本事凭空多变一些粮食出来。

正好这个时候上级通知安怀民去北京开会，一路上，安怀民没有想别的事，只想着要把粮食不够吃这件事搞明白。只有搞明白这件事，才可以在粮食问题上做出下一步如何做的决定。北京是首都，没有什么大事在这里解决不了，也没有什么疑问在这里找不到答案。

大会上，听了一位领导讲话后，安怀民就明白了为什么可可托海会遇到饥荒了。原来呀，国家发生了自然灾害，他虽然没有看到是什么自然灾害，但在这么大的国家，此处不发生，彼处也会发生，他没有看见，不等于不存在。并且，除了天灾，还有人祸。人祸就是苏联逼着还债。他知道和苏联关系不好了，没有想到不好到这个程度。苏联把专家都撤走了，不帮中国搞建设，已经有些过分了，还要在明知中国发生自然灾害的情况下，要求中国把欠的债务全都还掉。粮食用来还了债，当然就不够吃了，所以才发生了大范围的饥荒。真没有想到，苏联居然也干出这种落井下石的事。

这次来北京，冶金工业部的领导又找安怀民单独谈话。说给苏联还债，除了农产品以外，还有矿石。别的地方的矿石，苏联不要，只要可可托海的。一斤矿石可以顶一斤粮食。也就是说，可可托海多还一斤矿石，就可以为国家省下一斤粮食。这个时候，对于国人来说，一斤粮食有多重要就不用多说了。部长告诉安怀民，中央想让可可托海多生产矿石，在保证军工生产的同时，还要承担更多还债的任务。

安怀民本来想诉诉苦，给可可托海要些粮食，但觉得这个时候说这个话，有讨价还价之嫌，让中央为难。所以，到了嘴边的一些话他又咽了回去，只是坚决地回答："我知道该怎么做了，可可托海不会让中央失望。"

光自己明白了还不行，得让可可托海的人都知道才行。一回到可可托海，安怀民就召开大会，说了粮食不够吃的原因。

本来吃不饱这件事，让大家不由得对国家、对政府产生了一点儿怨言。可听了安怀民的讲话后，所有的怨言都化为乌有，转为对苏联修正主义的仇恨。当场就有许多人喊起了"打倒苏联修正主义"的口号。

尤其是听说苏联对于还债的东西要求十分苛刻，苹果要用卡尺量，太大了不行，太小了也不行，猪肉也要用卡尺量，膘太厚了不行，太薄了也不行，大家简直肺都要气炸了，不约而同地齐声骂起了苏联老毛子，说这老大哥翻起脸来可真是一点儿情义也不讲呀，逼债往死里逼呀，简直比《白毛女》中的黄世仁还要坏。大家刚看了这部电影，只要说到谁坏，就骂他是黄世仁。

粮食不够吃，生产任务还不能减。怎么办？安怀民召集干部们开会，商量应对的办法。都说办法比困难多，只要去想，就能想出办法。

局长陈志远说："刚收到了冶金工业部党委的通知，要求我们全力以赴完成稀有金属01号、02号和03号产品的生产任务，但根据这几天报上来的产量统计来看，这个月的产量很有可能完不成。"

不是同志们不肯卖力、不肯吃苦，确实

是因为吃不饱导致体力不支。矿工们干的是体力活，饿着肚子，想多干，也会没有力气干。

会开完了，别人都走了，安怀民和局长陈志远还有一矿场矿长肖长峰没有走。可可托海的"三巨头"，这几年都有一个习惯，就算是主持人宣布了散会，他们三个还是晚走一阵，把一些在会上不太好说的、不方便让更多人听到的话，一起说一说。

陈志远说："已经取消了星期天，延长了工作时间，能想到的办法全想了。"

肖长峰说："采矿这个环节，主要还是要靠人拉肩扛，要想增加产量，还是得需要更多的壮劳力，是不是考虑招收一批新工人。"

陈志远说："现在的工人都吃不饱，再招收新工人，吃饭的事就更难解决了。"

安怀民说："我有一个想法，你们看行不行？"

两个人看着安怀民，等着安怀民往下说。办法总比困难多，重要的是得有人把办法想出来。

安怀民说："集中兵力打歼灭战，是我们在解放战争中常用的战术。开矿生产是不是也可以组织大会战，动员所有的人参加到矿石开采中来。"

陈志远说："这个想法很大胆，可以考虑。"

肖长峰说："三号矿脉是露天开采，具备同时多个作业面施工的条件。"

安怀民说："你们制订一个大会战的计划，咱们再开会认真讨论一次。我们一起努力，度过这最困难的阶段吧。"

新疆虽然偏远，可也有其他省市比不上的条件，那就是地多人少，随便种一点儿什么，就能填饱肚子。自古以来，其他省市有了饥荒，灾民就往西跑。跑到了新疆，随便找个地方待下来，只要肯干，就能过

（马金龙　刘　萍　绘画）

上不错的日子。

可可托海是山区，不产粮食，可出了山，就有大片的荒野，散布着一些村庄。这里的粮食虽然也会紧缺，可毕竟自己种粮食，多少也会有一点儿存货。只是在这个时候，大家的日子都不好过，要让人家拿一点儿存货出来，有点儿不太容易。

管后勤的主任先带了两辆大卡车跑了出去，转了十多天回来，只拉回了不到半车的玉米面。安怀民问主任："怎么回事，弄这么一点儿粮食回来，顶什么用？"主任说："都有困难，就这点玉米面，也是求爷爷告奶奶才弄上的。"

安怀民知道这件事不太好办，一个小小的主任，人家也不可能有多重视。他决定亲自带着主任再去找粮食。这次带的不是两辆大卡车，而是四辆大卡车。安怀民想好了，舍下脸皮，就是乞讨，也要把粮食弄回来。

说是乞讨，当然不是跪在路边向人伸手，也不是挨家挨户去敲门，他是党的干部，有做事的原则，也有做事的办法。

安怀民做事的原则，就是找组织；做事的办法，就是不管到了公社还是农场，不找别的干部，而是直接找书记。

都是共产党的书记，都是为了一个共同的革命目标，只要见了面，说上一阵子话，大家很容易就能找到共同语言。出于保守国家机密的要求，安怀民不能把话说得那么直白，但可以让对方感觉出这个矿的重要性。也就是说，这个时候给可可托海支援一点儿粮食，就有点像当年打仗时，后方支援前方一样。

所以只要到了一个地方，把车停下来，找到公社书记和农场书记，他们在听了安怀民的讲述后，都会多多少少地给上一点儿粮食。其中，三个兵团农场给得最多，因为这三家农场的政委过去和安怀民是一个部队的，是曾经一块儿出生入死的战友。战友有困难，当然要全力相助了。

六天之后，当四辆大卡车满载着玉米面、麦子面和其他杂粮驶进可可托海时，闻讯而来的干部、工人在路边组成了夹道欢迎的队伍。陈志远和肖长峰等干部走上前，与从大卡车驾驶室里走出来的安怀民紧紧握手。难怪大伙儿会这么激动和高兴，因为有了这些粮食，这个冬天不管有多么寒冷，都可以熬过去了。

安怀民拍板，接下来搞个大会战，大会战主战场就在三号矿脉。怎么搞，让生产部门拿出个计划。连着多日忙完了别的工作，陈志远就带着余明杰干这件事。光他们两个还不行。肖长峰也得参加，他是矿长，这个会战怎么搞，他的意见很重要。还有吴成朋也参加了。他不懂生产技术，可文字组织能力强，所有的计划得用文字写出来，文字组织能力强，写出的计划会更具体、准确。四个人连着多日吃过了晚饭就凑到一起，喝掉了好几包茶，抽掉了好几条烟，才把会战计划搞出来。

其间，安怀民来过几次，不是来做指示的，是来送烟送茶的，是来告诉大家，不要太辛苦了，到了12点，一定要回家休息。有一次讨论计划，忘了时间，过了12点，四个人还在说个不停。结果安怀民从楼下路过，看到了灯光，就走了进来，心疼地批评了他们，说他们的身体直接与矿上的生产相关，不爱护自己的身体，不光是对自己不负责,也是对革命事业不负责。

这是1961年的冬天,似乎比过去的所有冬天都要冷。羽毛不够厚的鸟儿飞着飞着就被冻僵了,从空中落到了地面上。病弱的野鹿和狼跑着跑着,心脏就在寒流的袭击中停止了跳动。有人喝多了酒找不到回家的门,醉卧雪窝里变成了冰块,有人出门没有戴帽子,被冻掉了耳朵。这些事,人们见怪不怪,没有谁会当成新闻到处说。

就在3月6日这一天,可可托海矿务局"保出口"大会战正式打响。

矿务局办公楼前的操场上,各个单位参加会战的队伍从四面八方走了过来。

每支队伍具体人数不一样,但都举着一面同样颜色的旗子,旗子上面写着参战单位的名字。

机关干部们组成的突击队走了过来,站在旗子旁边的是办公室主任吴成朋。他的肩膀上挎着一部照相机,那是苏联人离开时,留下的一部德国造的照相机。跟着安怀民出去工作时,他总是带在身上。安怀民要求每一间办公室都要锁上门,只要没有病倒在床上,都要参加大会战。

医院组织的突击队走了过来,冯青和柳芭的身影出现在其中。他们中一部分人的身上背着药箱,里面装着各种药品和急救的器械。在这么冷的天气里,这么多人一起干活,难免会发生意外。有关救护的安排,从来都不是多余的。

家属们组成的突击队走了过来,包括帕夏在内,几乎是清一色的年纪在三四十岁的女人。她们都是有丈夫和孩子的女人,她们本来主要做的事情,是在家给丈夫、孩子做饭,缝衣服,但自从矿山的劳力紧张起来后,她们就走出家门,开始活跃在矿山的各个生产单位。她们经常干着和男人一样繁重的活,却只拿到很少的报酬。可她们从来没有一点儿怨言。因为她们的男人总是对她们说,矿山也是我们的家。

学校组织的突击队走了过来,包括史云娟在内的老师们,带着一群十岁到十七岁之间的少女少男们。不指望他们能干多少活,但让他们看到父母们的辛劳,并能感受到生活的不容易,对帮助他们成长可说是上了不可或缺的一课。

电厂组织的突击队走了过来,走在最前边的是孙惠兰,因为她是旗手。别的部门可以停下工作参加大会战,电厂的每一台发电机不但不能停下,还要在这个时候保证绝对不能出故障。孙惠兰是工程师,不用参加大会战,只要继续坚守在岗位上就行了。但孙惠兰主动要求参加大会战,让厂领导有些意外,也很高兴。

还有机械厂、东风农场、汽车运输厂、基建队等单位的突击队也都举着旗子走了过来。各个突击队集合在一起,办公楼前的广场上全都站满了人。

上百面红旗汇集在一起,它们在广场的上空飘动着,如同烧起了一片大火。

远处吹来了一阵阵冷风,天空中飘着零星的雪花。站在红旗下的参加会战的人们,全都热血沸腾,此时此刻已经感觉不到寒意。

安怀民站到了一个临时搭起的台子上,像在战争年代进行战前动员一样,他竟然有了一种壮士出征的悲壮感。安怀民说:"同志们,这一战,我们必须打胜,我们一定能够打胜!"

大会战的主战场就设在三号矿坑。其他四个矿场作为分战场，也在同一时间开始了"保出口"大会战。

三号矿坑经过这两年大力开采，已是一个五十米深、上百米宽的大坑。矿坑四周插遍了红旗，入口处扯起了一条大横幅，上面写着"保出口，为国排难""多出矿石，为国家富强做贡献"等鼓舞人心的口号。高音喇叭里不停地播放着歌唱社会主义和总路线的激昂雄壮的歌曲。

一矿场从各班组抽出两百名矿工，个个不是党员就是团员，要么就是先进生产工作者，不但思想品质好，身体素质更好。他们组成了一支突击营，并下设连、排、班，实行军事化管理。

会战一开始，这支队伍就引人注目。每天天不亮，他们就跑出宿舍，背着两三个牛皮口袋，拿着镐头和铁锹，奔向采矿点。只要爆破矿点警报一解除，他们就涌向采矿面。只为了抢到好的工作面，以利于一天任务的完成。

大家离家不过一千米左右，却不回家吃饭，都在口袋里装着馒头，吃饭时拿起来啃几口；天太冷，冻硬了，就放到棉衣里边，焐得软一点儿了再吃。新开的采矿面，因为落上冬雪，汽车开不到上面，所以爆破下来的矿石，只能人工背到仓库去。用牛皮口袋干不了别的，正好用来背矿石，结实耐磨，不容易烂。一次一口袋，有上百公斤。一天至少要背四五次。每一次都上大坡，走盘山道。身体不壮实者，干不了一天，就撑不住了。但采矿营里的人，每天都这么干，一直干了四十多天。他们干的事，可以说是矿上最累最苦的活，只要看到他们背

着矿石走过来，大家马上就把道让开，让他们先走。

学校低年级的学生们还干不了重活，就在老师的带领下，烧好热水，放到保温桶里，站到路边，看到背矿石的大人们走过来，就端上一杯，让他们喝。而高年级的学生就加入运送矿石队伍中。大块的矿石拿不到，他们就跟在大人后边，抱着小块的矿石快步地走着。

这个时候的一矿场，有三千多名矿工。除了开矿挖矿的，还有一千人，主要干的一件事，就是选矿。

矿石开挖下来后，往往会附带着一些废石料。它们往往占矿石的40%左右。不把真正的矿物从中挑选出来，送到工厂里就无法冶炼。重要的是，不符合出口标准，人家就不接受。所以从中方接手矿山管理后，选矿就成了一项重要的生产任务。不经过选矿这个程序，矿石就不能成为有价值的产品。

不过，相对来说，选矿体力劳动强度没有那么大，在挑选选矿的工人时，对身体的要求没那么严，所以在选矿场上就看到，大部分都是些体质弱的男人和一些女工。说没有那么累只是相对的，在矿山生产中，选矿仍然是项艰苦的工作。

选矿一开始在矿尾的露天场进行。一大堆矿石的四周，坐着一群男人和女人，他们一只手拿着小锤子，另一只手拿起一块矿石，用小锤子敲打着，让多余的石渣掉落，再把它放进一个筐子里。不管阳光有多强，吹来的风有多大，也不管是刮风下雨，他们都不能停下手中的工作。这个地方冬天长，冬天坐在那里，在寒风中去触摸

矿石,这个"罪",可不是什么人都能受得了的。再后来,条件改善了,选矿的地方搭起了帐篷。相对来说,没有那么苦了。可块块矿石都分量不轻,一天干下来,胳膊没有不酸疼的。手套更是不经磨,磨破了,来不及换,就会把手弄出道道裂口。是不是选矿工,一看手就知道了。

选矿时,常会看到一些透明的或半透明的单晶石,它明显与绿柱石不同,属于真正的海蓝宝石,只要简单加工就可以成宝石戒面。但似乎谁都没有这个意识,全对它们没有什么在意,要么就当废石扔了,要么就与绿柱石混在一起运到了别处。

大会战开始后,一部分强壮的劳力集中到了三号矿坑,像余明杰、吴成朋这样的年轻人,也全都背上了牛皮口袋,另一部分妇女和学生就来到了选矿场。

冯青也想干活,但领导不让她干,给她的任务是和几个医护人员在会战工地上负责巡护救助。这么多人在一起,干的活都有一定的危险性,谁也保不准会发生什么事。

没有那么多的铁锹用,不要紧,就用手把一块块矿石捡起来,装进各种各样的运输工具里。

有一块矿石太大了,吴成朋只能伸出胳膊去抱,但没有抱住,矿石砸到了脚上,脚青肿了起来,他抱着脚叫了几声。冯青带人过来,看吴成朋的脚没有破皮,就抹了药,问他要不要回去休息。吴成朋看了看四周,看到不少人都在看他,一咬牙坚持站了起来,说自己还行。说着,他背着一块矿石,一瘸一拐地往坡上走。矿石太重,上坡的路又有些陡,要把腰弯得很低才能慢慢走上来。

大卡车本来数量就有限,加上入冬以后天气太冷,发动不起来,要把挖下来的矿石,从矿坑下面、从螺旋形的沿着坑壁建成的简易路面运到选矿厂,指望大卡车是指望不上的,只能是靠人海战术来往上运送矿石。

电厂的突击队分到了三十个皮口袋,孙惠兰没去选矿,非要和小伙子一块儿干,主动上前抢了一个。她想到矿石会很重,但没有想到会那么重。背了几趟以后,孙惠兰的汗水流了出来,她的棉衣棉裤都湿透了,她真想坐下来休息一会儿。可看看四周的人,眉毛、头发全都随着汗水蒸发,结出了霜,却没有一个人停下歇息,她就为自己的想法感到不好意思,咬了咬牙,把腰弯得更低,继续一步步地往前走。

天太冷,落到路上的雪不会化,几场雪以后,土路就变成了雪路。雪路上,车轮会打滑,但有一种运输工具会更好用,它就是雪爬犁。后勤上的哈萨克族老师傅有这方面的经验。当他们赶着马拉的雪爬犁出现后,立即带动了大家效仿。用雪爬犁拉的矿石多,速度还快,明显提高了生产效率。雪爬犁的制作工艺简单,可以用的材料到处都是。所以在会战工地上,很快就出现了许多雪爬犁。

没有那么多的马,就把牛和驴用上了。把硕大的矿石一边一块搭放在驴背和牛背上,用手牵着它们往前走。只是它们的力气再大,也不能过度劳累。常看到有些驴和牛走着走着就趴在了地上,无论怎么用鞭子抽,它们也不肯站起来。

马、牛和驴,到底数量有限。更多的人

只能用牛皮口袋、背篓和抬筐装运矿石。学生们身子骨薄，没有那么大力气，大块的矿石抱不动，就抱着小块的矿石从矿坑下面走上来，小脸被冻得通红，却有汗珠从头发里流出来。不过，有些孩子很聪明，他们拖来了平时用来滑雪玩的小爬犁，把矿石放到爬犁上拉着走。

不但孩子们这么干，大人们也觉得这是个好办法。不但可以多拉运矿石，还可以节省下不少力气。一年里有半年时间都是雪季，雪太厚了，有轮子的车行动起来反而不方便。倒是雪爬犁，在雪野上滑行自如轻快，是家家户户冬天离不开的运输工具。没有想到主要用来拉运柴火、粮食和冬菜的雪爬犁，在生产大会战中派上了用场。

进行了会战动员后，安怀民也跟突击队进到矿坑。身先士卒，吃苦在前，永远与群众在一起，可以说是共产党能够赢得民心夺取天下的重要法宝。安怀民给干部们开会，每一次都提醒干部们："让人民群众做到的，我们首先要做到。所有人都要参加大会战，干部们更要一马当先，他更不能例外。"

只是安怀民想成为普通一员，也没有那么容易。他走在工地上，不管走到什么地方，见到他的人，都会直起身来给他打招呼。就算是什么话都不说，也要朝他送上一个微笑。

从学校的老师和学生们的身边走过时，校长主动上前对他说："史云娟老师身体不太好，我想还是让她回学校值班去。"

（马金龙　刘　萍　绘画）

安怀民说："可以让她少干点，但她一定要在工地上；她是大人了，会知道照顾好自己的，你要多操心那些孩子，一定要保证他们的安全。"

安怀民接着说："她干多少不重要，只要她能出现在工地上，就是对我工作的最大支持。不能让别人说，别人都来参加会战了，就书记的老婆搞特殊化没有来。"

安怀民看到史云娟正和几个学生一起搬运着一块矿石，想过去对她说，不要让自己太劳累了，但只是想了想，并没有走过去，只是心疼地多看了史云娟几眼。对于别的女人来说，自己的丈夫当了官，或许可以跟着享清福，但对她来说，反而会比别的女人吃更多的苦。自古以来，一人得道，鸡犬升天，可这个老话到了新时代不管用了。共产党的官真心为民众谋幸福，不但自己吃苦在前，连家人也跟着受累。这一点，安怀民是真的做到了。

晚上回到家，看到史云娟正在用热水给两个孩子洗脚。安怀民走过去，蹲下来，让史云娟坐到一边休息，他给两个孩子揉搓着小脚丫，问两个孩子，搬运了多少矿石。两个孩子说，他们在班里的同学中是搬运最多的，老师表扬了他们。安怀民嘴上夸他们是好样的，心里边却不由得心疼起来。

史云娟说："孩子们干这些活太重了，是不是可以让他们回到学校上课了？"

安怀民说："是的，真的不该让孩子们干这些活。但大会战就是男女老少全民上阵。有这些孩子在工地上，大人们看到了他们，就会更加明白自己责任有多大了，就会更不好意思不拼命地干活了。四十天连

续作战要坚持下来太不容易，孩子们会成为大人们最重要的力量来源。"

给孩子们洗了脚，又把孩子们抱到了床上。累了一天的孩子们，刚一躺下就睡着了。

安怀民走到史云娟跟前，对她说："你也烫一个脚，解解乏吧。"

史云娟洗脚时，安怀民也蹲下来，帮着史云娟洗起了脚。史云娟吃惊地看着他，要知道就算他们新婚时，他也没有这么对待过她。

安怀民似乎知道史云娟在想什么，说："跟着我，让你受苦了。真的很想让你不要这么受累，可我是矿党委的书记，我要求别人做的事，我不能不首先做到。我对不起你，云娟。"

史云娟伸出手，抚摸着安怀民的脸："你看你的这张脸，瘦了不说，皱纹又多了、深了。都说想享福就要当官，你可是当了官了，反而更受苦了。"

安怀民说："以前的官，都是老爷，自然会有福享，可共产党的官，是为人民服务的，是让人民享福的。想让别人享福，自己就得受苦了。"

史云娟说："你说的那些道理，我可能并不会全明白，但作为你的妻子，你放心好了，不管你干什么，我都会支持你。不管我受多少苦，我都会觉得很值得。"

安怀民不再说什么，同样把洗了脚的史云娟也抱到了床上。

巴克拜尔没有被编入突击营，并不意味着他会比那些强壮的汉子轻松些。

运送矿石的队伍一下子比平常增加了数倍。对开采矿石的班组来说，他们必须

开采足够的矿石以保证供应。要在各路突击队进入采矿区前,每天至少进行三次深孔硐室联合爆破,才有可能让大会战取得预期的效果。于是天不亮,巴克拜尔就带着班组成员来到矿坑里,在早已确定下来的位置开始爆破作业。

与别的季节不同,在极寒的天气里,夜晚比白天温度更低。土石层被冻得比铁还硬。要想开挖爆破用的硐室,就要破开冻土层。直接用铁镐对付的结果,就是一镐下去一个白印,无法让它有半点破裂。好在长期与之搏斗积累了经验,他们知道怎么来解决这道难题。从家里走出来时,每个人身上都背了一捆干柴。到了工地后,把干柴堆在一起,点着一根烟的同时也把它们点燃了。

烧起一堆大火,并不是为了给干活的人烤火取暖,而是为了让大地解冻。大火猛烈,二十分钟后,火焰渐渐熄灭了,一片白色的灰烬下面,冻土层被热气穿透,变得松软。

巴克拜尔一声令下,十四个工人一齐挥着铁镐、铁锹上阵。半个小时后,一个五米深的方坑就挖成了。接着工人们面向石壁用冲击钻钻孔。九个约十米深的孔被钻出来后,即被迅速填入炸药。

这时天空的东面有了微微曙色,它们有点红,有点黄,还有点青蓝,多种色彩如液体融成一体,像是沿着地平线扯开了一幅长卷油画。

三号矿坑的矿壁上,突击营和其他突击队等着运输矿石的人,已经站了一排又一排。他们挡住了从地平线处涌来的晨光,身影被拉扯得无比巨大,投进了矿坑里,落在了巴克拜尔他们身上。

至少有十个班组和巴克拜尔班组干着同样的事情。所以就在太阳马上要升起时,就会从三号矿坑里传出十阵巨响。它们就像是冲锋号,站在坑壁四周的人听到巨响以后,全都从不同的方向冲下矿坑。于是,一场抢运矿石的大战随即打响。

吴成朋拿着照相机,多次站在矿坑坑壁高处,拍下在不同时间段内的大会战场景。他会在暗室里把它们洗印出来,选出那些构图完整、画面清晰的照片,一部分作为档案资料放进文件柜,一部分作为汇报材料的附件向上级有关部门报告。他想把这场大会战写成通讯送到报社,但在请示了安怀民后没有得到允许。因为关于整个矿山的一切现在属于国家机密,不管这里发生了多么伟大的事,都不能让它离开这个小镇,不能让更多的人知道。

第一次爆破过后,巴克拜尔他们会抽一根烟,喝一口水,之后马上开始为第二次爆破做准备。

大会战期间,安怀民出现最多的地方就是巴克拜尔所在的作业区。不是这个作业区比别的地方更重要,而是他把自己当成一个指挥员的同时,也把自己当成一个战斗员。

只要来到作业区,他就会直接走到巴克拜尔跟前,拿过他手中的冲击钻。巴克拜尔说:"这个钻太重了,给你换一个轻一点儿的吧。"

安怀民说:"你什么意思,小看我呀,我比你还要小几岁,你能行,我怎么就不能行了?"

巴克拜尔说："咱们的分工不同,这个活不是你该干的活。"

安怀民说："我当年可是当过重机枪手。那种叫马克沁的重机枪,威力大得很。一挺重机枪,可以挡得住一个营的小鬼子。"

说着,安怀民端起了冲击钻,真的像握着一挺机枪朝着敌人扫射一样,对着一片岩石层"突突突"地发起了"攻击"。

站在一边的巴克拜尔朝着安怀民竖起了大拇指。

安怀民第一次下到矿井里,就让巴克拜尔当他的师傅,教他怎样使用电镐。安怀民可不是摆摆样子的,而是像一个真正的学徒一样用心,所以几次过后,他使用电镐的姿态和动作看上去已经和一个熟练的冲击钻手没有两样。

大会战进行到第十一天,天下起了大雪。大雪不是从早上开始下的,而是从前一天的夜里开始下的。大雪乘着狂风,趁人们睡熟以后袭击了矿山,等大家醒过来以后才发现熟悉的道路和景物全被大雪覆盖了。这样的大雪其实对可可托海人来说并不算什么,每年冬天他们都会遭遇几回。只是过去遇上了这样的大雪,矿山上的大部分人都会停下手中的工作,去户外清扫路面、屋顶和车辆上的积雪。不然的话,大雪就会让生产陷入半瘫痪的状态。但今天是大会战的日子,情况和过去有些不一样,地面上落下了厚厚的积雪,天空中大朵的雪花仍然在飘飞。是待在家里等大雪停下来,还是走出门去扫雪,还是继续去参加大会战?大家站在门口不知该去做什么。

就在这个时候,人们看到安怀民走出了家门,站到了办公楼前的广场上,很快,陈志远、肖长峰还有余明杰就走了过来,与安怀民站到了一起。他们互相看了看,并没有说什么话。安怀民开始往前走,他面朝着的方向正是三号矿坑。另外三个人明白了安怀民的意思,什么都没有问,就跟着他往三号矿坑走去。

从矿务局办公楼到三号矿坑有一千多米。其中有六百米要穿过办公区、生活区和居民区。当安怀民带着局领导穿过小镇那条主街道时,发生的事情就有点像滚雪球一样,每家的门像被施了魔法一样,被一种无形的力量推开后,又把里边的人拉了出来。每个人都如同一片雪花,被风卷动着,推向了同一个方向。这个方向也就是安怀民前往的方向。看到了安怀民,就是黑夜里看到了指路的灯,每个人都不再犹豫,都知道这会儿该干什么了。他们带上了挖矿、运矿的各种工具,像一滴水落入大河里一样,悄然地融进会战队伍的洪流之中。

安怀民走到通向大河南岸的大桥上,回过头一看,在飘飞的大雪中,竟然看到了黑压压的没有尽头的人流,涌动在那条贯穿小镇的大道上。安怀民的心头不由得一热,站到桥头上,对着人流大声地喊道:"同志们,就是下刀子,我们的大会战也不能停下来,我们是伟大的工人阶级,胜利一定会属于我们。"

人们跟着安怀民继续往前走。大皮靴还有毡靴踩在雪上,发出"嘎吱嘎吱"的声响。他们穿着皮大衣,戴着皮帽子,仍然挡不住呼啸的寒风吹到脸上,吹进脖子里。

呼出的热气在他们的眉毛和胡子上结成了霜。他们要么背着牛皮口袋,要么扛着铁镐和铁钎,要么拖着雪爬犁,要么牵着马、驴和牛。

没有人说什么话,好像这个时候说什么话都不合适。是啊,很多时候,一百句动听的话语,都不如一个坚决的行动。在这样的暴风雪里,在这严酷的环境中,面对着坚硬的岩石,不管什么话,都会显得软弱无力。只有沸腾的热血、钢铁的意志、强壮的力量,才可以粉碎所有阻拦,才可以让人们夺取期望的胜利。

这样的暴风雪,在四十天的会战中,至少出现过三次。有了第一次的经历后,剩下的两次,要怎么做,每个人都心知肚明。只要天一亮,不管外边的风雪多么大,大家都会毅然决然地走出家门,走向大会战的主战场,在三号矿坑与坚硬的岩石展开搏斗。

大会战持续了四十天,矿石的产量上去了,但粮库粮食一直没有得到补充。这让安怀民这个党委书记不得不为"吃"的事继续操心。

安怀民亲自来到粮库,察看粮食存量。后勤主任说,目前的粮食库存顶多还能坚持一个月。

安怀民说:"给生产第一线的工人每天再增加一个馒头的口粮。"

主任说:"这样一来,怕是不到一个月就会一斤存粮都没有了。"

安怀民说:"从机关干部和后勤人员口粮中,每天再扣下来二两。"

主任说:"他们的口粮已经比工人少了。"

安怀民说:"他们再少一点儿,顶多会

饿得难受些,可工人们吃不饱,生产就会受到影响,这也是不得已的办法。"

安怀民回到办公室,不停地拨着通向各地的电话,在所有的电话里,他说的都是同一个内容,那就是请你们想办法支持我们一点儿粮食吧。而所有的电话,基本上都是一个结果:我们很想帮助你们,可是我们自己也揭不开锅了。

放下电话,安怀民喊来了吴成朋,让他起草一份关于如何度过目前困难阶段的文件。文件的主要精神是要求各个单位在不违背国家相关政策的前提下,积极主动地想办法解决口粮不足的困难。

文件下发的第二天,就有学校的老师带着孩子们去山林挖野菜,采蘑菇;有各个单位派出的人去额尔齐河里捕鱼;还有许多狩猎小组骑马进入深山,捕猎可以吃的各种飞禽走兽。

有人来问安怀民,可不可以允许各家各户在门前房后的空地上种植蔬菜,因为一切公社化、公有化了以后,不准个人再拥有自留地,认为集体化可以满足社员的所有需求,自留地没有必要存在。谁都没有想到短短几年后,就遇上了饥荒。这个时候,如果每家都有一块自留地,怕是日子会好过许多。

让不让个人在家门口种一点儿东西,许多年以后看,是一件很小的、不值得一提的事情,但在这个时候,它是个关系到政治是不是正确的问题。它让安怀民一夜没有合眼。弄不好了,这件事会让他丢官弃职,一辈子的前途就此被毁。

这一天,太阳照常升起,看起来和昨天没有什么两样。但安怀民终于做出了一个新的决定,除了集体办的农场外,允许各家各户在房前屋后开荒种地,种出的菜和粮食归种植者个人所有。

身边的干部提醒安怀民,这是政策不允许的,种自留地是搞资本主义,连农村都不让种了。

安怀民说,现在是特殊时期,只要可以解决饿肚子的问题,没有什么事是不可以干的。他还说,到时候如果有人追究这个事,你们往我身上推就行了,所有的责任我来负。

这些日子,食堂成了安怀民最在意的地方,只要路过,总会走进去看看是不是还有米面下锅,同时还要检查一下,党委做出的保证一线工人口粮的规定是不是落实到位了。

一天,刚走到食堂门口,安怀民看到三个男孩子一人手里捧着一个白面馒头,兴冲冲地从里边走出来。

一看其中一个男孩子正是自己的儿子,安怀民喊住了他。儿子站住了,愣愣地看着安怀民严肃的脸。

安怀民问儿子:"哪来的馒头?"

儿子说:"叔叔给的。"

安怀民说:"不是给你说过,谁给你东西都不能要吗?"

儿子说:"爸爸,我知道不该要,可我太饿了。"

安怀民说:"再饿,也不能要。"

安怀民一把拿过儿子手中的馒头,走进了食堂。

一看书记黑着脸进来了,手里还拿着一个馒头,大师傅们不明白发生了什么事,都不解地看着他。

安怀民说:"是谁把这个馒头给我儿子的?"

一个大师傅站了出来说:"书记,是我给的。"

安怀民说:"这么说,你认识我的儿子?"

大师傅说:"书记的儿子,我们都认识。"

安怀民说:"知道是我儿子,就更不应该给。"

大师傅说:"没有光给你儿子,还有两个孩子也给了,他们真的饿得不行了。"

安怀民说:"如果其中没有我儿子,你会给吗?"

大师傅一听这个话,不吭声了。

安怀民说:"我说过,馒头要给一线的工人吃,你让我儿子捧着馒头到处走,别人会怎么看,怎么想?"

大师傅说:"书记,我错了。"

安怀民说:"记住,再有下一次,你就离开食堂,去井下挖矿。"

人活着,永远都不可能一切如意,不是遇到这样的困难,就是遇到那样的困难。比如说,眼前大家遇到的困难,就是吃不饱。

在知道了为什么吃不饱的原因后,大家的革命斗志和生活热情不但没有受到打击,反而变得更加高涨。

苦不苦,想想红军长征两万五;累不累,想想革命老前辈。别说这只是一句顺口溜,它实际上对坚定大家的意志起了很大作用。

没有什么困难是克服不了的,就算是饿得浮肿了、生病了,饿得没有了命,也只不过是在革命斗争中遇到的考验。◆

解忧牧场札记　小七

地域写真

DIYU XIEZHEN

小 七

解忧牧场札记

作者简介：

小七，汉族。在乡村牧场居住十余年，抢救、传承游牧生产生活非物质文化遗产，是"解忧牧场老院子"游牧"非遗"生产生活场景恢复者。

已出版散文集《遇见阿勒泰》《唯有解忧牧场》《解忧牧场札记》《从前啊，有一只猫小宝》《我的小羊驼蜜糖》，以及长篇儿童小说《淘气的小别克》。曾获《散文选刊》华文最佳散文奖、丰子恺中外散文奖等。

在牧场，路权马、牛、羊说了算

除了政府修造的公路，在牧区的草场和山间，经常会不经意地看到自然小径。这些小径荒草蔓生，泥土裸露，仿佛一直延伸至天边或山谷——这就是牧民转场的羊道，是每年羊群随着四季转场走出来的路。

由于海拔高度不同，在阿尔泰山脉牧区形成了春秋牧场、冬牧场和夏牧场。哈萨克族牧民一年四季随着不同海拔牧草的生长转移到不同草场，放牧牲畜。看似转场的队伍走得散漫随意、七弯八拐，实际上在整个转场过程中，牧民们都必须按照地形或者古老地界形成的固定牧道行走。不仅各家各户的牛羊有自己的草场，各个草场之间也有大小不一的牧道相连，甚至每个牧业村之间也有专门的牧道……而这，正是为了保证转场途中牲畜的安全和道路的通畅，并且避免牛羊践踏草场。

除去这些牛羊的专属道路之外，牧民定居的乡村小道也是马、牛、羊说了算。

在牧场开车兜风的乐趣之一就是，几乎没什么车和你抢道。偶尔会看到移动卖货车、拉满牛粪或者干草的拖拉机。要是有小汽车从这些蜿蜒曲折的狭窄村道上驶过——尤其是车上没有灰尘、泥土，一看就是城里的——那简直稀奇得不得了，这足以引起斜靠在山坡上的牧羊人坐起身来仔细端详一番。他们活动一下压酸了的手臂，在阳光下眯起眼，盯着汽车，直到它驶远，消失不见，这才吐一口气，把自己再次扔回草地。

在这样一派安宁、没有车马喧哗的小道上开车，你完全有可能放松到意识不到危险的地步。你开始心不在焉，一会儿看左，一会儿望右，贪婪地浏览路边恣意绽放的野花，就是没有看前方。就在这时，不知从哪儿冒出一群闹哄哄的、移动着的、一眼望不到头的"毛茸墙"。

那是一群阿勒泰特有的大尾羊，有几百只。羊群中，一些领头的老羊时而向你这边张望，时而"咩咩"叫着发出警告，似乎不快点掉头离开，它们就会冲上来和你打上一架似的。顿时，整个羊群躁动起来。母羊呼唤小羊，小羊回应着，焦虑的声调里带着对遇到不可知事件的担忧。一只弄不清状况的小羊在扬起的尘土中半睡半醒，没有回应妈妈的呼唤，母羊飞奔着挤过羊群，最终找到小羊，才算安静下来。

一只牧羊犬终于挤出羊群，现身了。老天，它可真是一个大块头。一般的牧羊犬见到它，恐怕都会感到自卑。事实上，它的确深信自己的实力。你瞧它，竖着毛兴奋地冲到车前，咆哮着，为有人打扰了它的羊群而震怒。

你头一回遇到这种情况，不由得惊慌失措，赶紧快速倒车，离开。牧羊犬因为工作单一，所以喜欢在工作之余找些消遣，而它们最喜欢的游戏就是追车子。就像现在，你的离开，勾起它蕴藏在体内的最原始

的追捕动力。瞧它，将身子低伏，眼睛紧盯着车子的前轮，然后一步一步潜行过来，随着车速的渐增，它也让脚步越来越快。

你怕它冲到轮胎下面，只好猛踩油门试图甩掉它。可是，天晓得它是牧羊犬还是火箭，因为它冲刺起来一点儿也不含糊。

你在匆忙中眼睛余光落到远处，隔着一大片高低起伏、灰扑扑的羊背，有个人骑在马背上，手里掂着缰绳，朝这头张望。

羊群加快脚步，朝着你倒车的方向前进，有些身手矫健的，快要赶上牧羊犬的速度了。牧羊犬更加兴奋了，还不时地回头给跟过来的羊投以鼓励的眼光。远处的牧羊人终于看不下去了，把手放到嘴里，吹出一声长哨，像是想帮助牧羊犬控制一下兴奋的心情。

你被周遭乱哄哄的场景弄得心烦意乱，一不小心，车子后轮胎歪进路边的浅沟，动弹不得。牧羊犬则以优雅的姿势来了一个紧急刹车，然后不慌不忙地坐在路边，带着胜利的表情看着你的狼狈。很显然，它对此次劳动成果很满意。当它走回道路上潮涌般的羊群身边时，还频频回头，回味刚才那骄傲的一幕。

足足有半个小时，羊群才断断续续通过。最后那个马背上的牧羊人，他的脸，无论是肤色还是纹理，都像裂开的松树皮。他拉紧缰绳，停在路边，看着你的车，摇摇头，嘴里咕哝了几句。但因为羊的"咩咩"声依然很大，因此只见他张嘴而听不到他的声音。在嘴唇动了几下之后，他又摇摇头，抖一下缰绳，双腿轻夹马肚，继续上路了。

除此之外，牧场上大部分马和牛最大

的爱好就是在啃啃青草之余去马路上找些乐子。而它们最喜欢的游戏,就是站在马路中间东瞅瞅、西望望。具体它们站在那里想干什么,谁也弄不透。

有一回,我骑车沿着鹅卵石小径,去库其肯奶奶家取一些胡萝卜种子。我沉醉于乡野美景。当时正是炎夏,车轮碰触过路边的任何草尖都会激起清香。有一段路旁盛开着黄色和紫色的野花,我仰头深吸柔和的花香,我的眼睛几乎闭了起来。

同样,令我陶醉的还有乡野的沉静。除了车轮在石子上磨出的美妙的"沙沙"声之外,没有一丝杂音。

然而,在毫无警觉的情况下,我的眼前突然出现两只闪着亮光的铜铃铛般的马眼,并且还满含温情地望着我。有那么尴尬的一瞬,我还以为它们要亲过来。

我的嘴巴张得像井口一样,嗓子里发出哨子般的鸣叫声。当我双脚撑地紧急刹车,站稳想看个究竟时,我发现马左侧路边二三十米处有几只羊,羊后面是笑得在草地上翻滚的老努尔旦。当老努尔旦看清是我时,他的眼里"啪嗒"一下闪出亮光。他站起身,一手拎起一捆皮绳,往另一只手臂上套上一个牛皮圈。见他满脸跳跃的表情,我猜想,他突然地精神振奋,大概是终于等到一个观众,可以满足他的表演欲望了。

牧场的人常说,老努尔旦除了爱好广泛,还争强好胜。年轻时,他在牧场的牧羊技术数一数二,套马的技艺更是无人可比。你可以用任何一件事来羞辱他,他都可以假装没听到,但要是你怀疑他的牧羊和套马技艺,他绝不认输。然而,不幸的

是,再好的技术,随着年龄和体力的衰退,也会减弱。

我赶紧把头抬起来瞧向天空,想逃避他无休止的展示,却被他"咯咯咯"的笑声吸引了,一股儿好奇迫使我看向了他。

"你呀,总是好福气。"他的眼中闪过一抹淘气的光芒,"瞧吧,免费套马表演,将在你眼前上演,哇哈哈哈哈……"

我盯着他,口中不自觉地说:"嗯?真的吗?好啊!"

只见老努尔旦提着手中的绳圈,朝马慢慢走来,左边眉毛连带着眼睛还挑起老高。他的神色表明他所需要的一切都凑齐了,只等着现场发挥了。我呆愣在那里,想欣赏完表演之后,赶紧去办我的事。

等他终于扔出绳圈时,我所见到的景象跟想象的相差甚远——绳子套在了马屁股上,而那匹马还侧着头,用一只眼瞧着我,根本不知发生了什么。

"什么鬼!管你是谁!一派胡言!"他咕哝着,拉回绳子,又重新开始。他的话叫我摸不着头脑,但我好像突然明白了,他那是说给那个年轻体壮的自己。这回,他似乎不急于出手,只是提着绳子,闭起一只眼,嘴绷得紧紧的,用左边那只扬起眉毛的眼久久地瞄准。

差不多过了一个世纪那么久,他朝手心吐了一口唾沫,又抡起绳圈,"嗨——走你!"老努尔旦的话紧跟着绳圈飞了出来。

"呃——"我两眼暴突,呼吸困难。因为老努尔旦的绳圈套住了我的脖子。

老努尔旦抬起下巴冲我喊道:"好家伙,你站到马站的地方了,害我还要重来一次!"

"啊……"我挥舞起手臂，划拉老半天，才把绳圈从脑袋上取下来。慌乱中，我把脚踏车挪到路边树下，靠着树安抚自己狂跳的心脏，但喉咙里还是不停地干咽口水。

这一回，马儿还不知道发生了什么，用慰藉的眼神追随着我。

老努尔旦挥去头上的汗水，接着毫不气馁地展开第三次行动。他的两眼使劲抽眯起来以便瞄准，五官抽作一团，整个脸皱缩得像个包子，帽子也歪掉到肩膀上了。这次，绳圈把一只小羊羔整个套在里头——那马儿依然没有动静。

"瞧瞧，比马小这么多的羊娃子我都能轻易拿住！我可不减当年啊！"说完，老努尔旦爆发出一阵大笑。他拉紧绳子，全身激动地抖动着。那笑声一直持续着，直到他疲惫地瘫倒在草地上。

我感激地长舒一口气——很难得，他和自己之间的较真，能这么快结束。

我强抑着想飞奔的冲动，特意回头打量了下老努尔旦的表情。那张脸上的兴奋已被伤感取代，他似乎在问自己：我，还能坚持多久？

库其肯奶奶家位于村口的左侧。在进入她的农舍前，我必须先穿过由两堵一米来高石墙夹成的长巷。左手边是隔壁人家的牛圈，右手边是一片草场，再往前走就是库其肯奶奶家的院子。而她，成天隐伏在院里，给蔬果拔草浇水。

刚拐入长巷，心里正期待看到库其肯奶奶描述的小菜园时，一种令人震撼、爆炸般的声音钻入我的左耳。

我知道，那是牛！

果然，石墙上出现了一排巨大而长满毛的牛头，它们瞪着我，眼光冷峻。

这堵墙的高度正好适合成年牛冒出头，并对准行人"哞——"地叫一声。这是牧场牛的特色——来过牧场的人都被它们这么吼过。不过，这一次效果尤其好，因为我的心思根本不在它们身上，并且它们不是一头，是一排。总之，我给惊得离开自行车两秒，等我落到车座上之后，我的脑袋里全是嗡嗡作响的回声。我听说过，人受到突然惊吓会猝死。如果说待会儿我倒地口吐白沫或者手脚抽搐、翻白眼，别惊慌，属正常反应。

牛的音量和体形绝对成正比。因为它们的声音像低音炮，让人一听就知道发自肚子上面、脖子下面那块被称为胸腔的地方。

当我快到库其肯奶奶家门外时，又一道关卡出现了。她家唯一的那头母牛，在院子的铁门上蹭痒痒，完全堵住我的去路，并且，还淡然地瞄了我一眼，根本不打算让道。如果经过它的身边，必须从它和门之间硬挤过去。它那突出的如岩石般的肩骨，非把我全身骨头挤散架不可。

明知不会有什么好结果，但我还是把脚踏车往墙边一靠，冲牛吆喝着跑前跑后、推来搡去地折腾了十来分钟。然后，我不情愿地叹口气，才肯罢休。

牧场的牛就是这样，它们绝对是有原则的牛。它们把一动不动站在路中间或院子门口当作一种可贵的行为艺术，而且每天坚持，从不厌倦。

当我从旁边的矮墙跳入院子，拿上胡萝卜种子，再飞身翻过院墙跳出来时，母牛依然一动不动并充满温情地注视着我，用亲人般不舍的目光,目送着我骑车消失在墙角拐弯处。

交际羊驼

2015年11月,小羊驼来到我家。

和我们待在一起时,它常做的动作是冲过来闻我们的脚,心情大好时它还会绕到我们身后用牙齿轻咬脚后跟,实在是一个既奇怪又惹人爱的家伙。它还喜欢跟我们出门散步。在路边发现一丛蒲公英时,它会啃啊啃地,直到把最后一片叶子卷入舌根,才会罢休。大家都很疼爱它,给它取名"糖糖"。

如果我懒得拔草,就把它带进院里野草遍生的地方,它的嘴会像除草机般,将杂草啃得一干二净。冬季,没有青草时,会给它喂苜蓿颗粒,它吃起来会发出嗑豆子的声音,"咯,咯嘣,咯嘣嘣",真是可爱极了。

羊驼都有定点排泄的好习惯。糖糖也在院子里选定3处"厕所",一处靠近睡觉的棚圈,一处靠近食槽,另一处在我们居所的侧墙边。到了春天,"厕所"边上均长出了一簇簇苜蓿草,上面开满紫色小花。

虽说小羊驼糖糖是个吃货,做过嚼碎我的资料书、啃坏家具、偷吃鸡饲料之类的坏事,但它喜欢参与牧场各项社交活动,给我们带来了无数谈资和欢笑。

最初发现它这个奇特的个性,是去年春季的某个下午。我从城里回家,发现妈妈站在院门外,搓着手,脸色很难看。

"怎么了? 身体不舒服?"我看着她的脸。

"是糖糖,跑丢了……我忘记关院门……"

我一头雾水。妈妈指着右面的小径:"它就甩开蹄子,朝那个方向跑了。我越追,它越来劲,一眨眼就不见影了。"

我直瞪着她:"不会丢的,我知道它喜欢四处转转……那个,它跑多久了?"

"从早上,你去城里之后,我想去门口商店转转,出门一摸口袋,忘记带钱,转身回来,它就跑了。"

我抬头望了一眼快要落山的太阳:"一天了,它该找不到家了吧?"话音未落,便看到老努尔旦踉跄着双腿从院墙拐弯处慢腾腾地走过来。在他身后,是脸上看不出任何内疚表情的糖糖。

老努尔旦扬起他那顶帽檐开花的帆布帽子,掸掉上面的灰尘,脸上挂起谜一般的微笑,缓慢说道:"怎么样,把你的羊驼送回来了吧。"

他张口说话时,随风飘过一股很浓的马奶酒味。

"太感谢了!"我感激地握着他的手,"您在哪里发现了它?"

"嗝——"老努尔旦甩开我的手,低下头,打了一个长长的嗝,"我哪有时间发现它呀……"

"啊?"他说的话和呼出的口气都让我发晕。

"唔……事实上是它找到了我。"神秘的微笑又重回老努尔旦的脸上。

"怎么回事?"

他双手插进外衣口袋里,耸起两肩,闭起了眼睛,身子前后晃动着,过了好久才猛地睁开眼睛:"喏,我们几个老伙计在山坡上放羊,天热口渴,聚在一起喝了点。"老努尔旦和他的老伙计们喜好牧羊，却更喜欢马奶酒。事实上，他们几个对马奶酒简直是以身相许。他们常常趁放牧间隙聚到一起喝点，解解闷。

"我的羊驼也参加了？"

"对——"喝了点马奶酒之后，老努尔旦变得幽默许多，"老天爷，它可真是一只快乐的小羊驼，热情地把脸凑到每个人身边，挨个打招呼……嗯……有那么一瞬间，我还真把它当人了。你们猜猜看，我都对它做了些什么？"他话刚说完，大概想到自己滑稽得要命的做法就想大笑，但忍住了笑，以致肩膀抽耸着抖动。结果，我还蒙着呢，他就憋不住了："答案是，我差点把酒壶塞进它嘴里，哇哈哈哈……哈哈……"他把自己给逗乐了，弯下腰，拍着膝盖爆出一阵大笑，浑身抖个不停。

老努尔旦笑了半天，突然停了下来，搓着下巴略有不安地望向天边："哦……天都快黑了……我的阿任、白脸、圆肚……还有，那什么……它们还在山坡上等我呢……"老努尔旦只有十几只羊，每只羊都有自己的名字。在这年头，你已经见不着有名有姓的羊了。

他转身离开时，又四顾寻找起自己的帽子，最后在自己头上找到了。摘下后，他有仪式感地掸了下不存在的灰尘，然后戴上，冲我们点点头，背起手，摇晃着离开了。

为什么糖糖会跑到一公里以外的后山坡？

它的出走是一个谜。不过它对我们的热情没有任何改变，所以我们也不会揪住它的这点黑历史不放。

快要进入秋季了，我和妈妈商量着维修一下房子的屋顶，以免冬季积雪把屋顶压塌。

拉水泥的小货车司机卸完水泥，没关院门就走了。我和妈妈把防雨布盖到水泥上之后，发现糖糖又跑了。这回，我和妈妈"远征"到后山坡和那附近的小径。可是几个钟头以后，我们还是沮丧地回家了。我们决定先吃点东西，安慰一下疲惫的身体，再去寻找。可是，院门响了。

又是糖糖。

"这是你家糖糖，没错吧？"带它回来的阿依旦大姐说。

"是啊，阿依旦大姐，您是在哪里发现它的？"

她抹去脸上的汗："说也奇怪，我在集市上卖奶疙瘩，发现它在一堆人群中。"

"人群中？"

"对，它就像人的模样，东张西望，观察着说话人的脸，竖起耳朵认真听，好像听懂了的模样。"

我听到这里，大气都不敢喘了！一只羊驼，跑到人来人往的集市里头，还有许许多多拉货的车！

"天哪，就看那些女人和孩子吧，他们见到糖糖都围过去拍照！还有，摊子的主人、维护秩序的保安，所有人都在拍照！街道也堵塞了，汽车的喇叭乱叫得不可开交。"

"有人给它一个干枣时，它还露出最迷人的微笑。事后，我觉得该亲自把它带回来。"

"太谢谢了，阿依旦大姐。"我看着糖糖，它依然是无所谓的态度，"我妈妈还在难过呢，她以为糖糖跑丢了。"

夜里,我翻来覆去睡不着。这两次幸好被送了回来,万一……我不敢想了。

果然,糖糖没有给我更多的思考时间。很快——大概一周之后,它又跑了。这回,我和妈妈没有出去寻找——我们各自忙着手中的活,竖起耳朵听院墙外的动静。

这次它很快就回来了。12点左右,我们听到说话的声音,跑过去,打开院门。还是老努尔旦!他的身后站着略有点得意表情的糖糖。

这回,老努尔旦是清醒的。他叼着一根烟卷,回身透过阳光和烟雾,满怀欣赏地看着糖糖走进院子。"它太棒了,我很高兴它参加我们的活动。我知道它是一只羊驼,但我很好奇它怎么那么懂得交朋友。"

"请问,这次在哪里?"

"哦,就在草场那边。我们几个老伙计聚到一起弹冬不拉,它就来了,直到刚才我们打算把羊群赶去后山坡。"

"啊?对了,努尔旦爷爷,你们弹冬不拉时它在做什么?"

老努尔旦将烟卷安顿到一侧的嘴角,开心地笑了起来:"好家伙,它和我们打成一片,还歪着脑袋听节奏——就像听懂了那样。"他活动起脖子:"看,就这么着,它还跟着节奏甩脖子。左晃一下,右晃一下,啧啧,可真叫人喜欢哪。"

紧接着,三天后,还是一个清晨,糖糖硬生生挤开院门,跑了。

我们忙着自己的事,等它回家。

中午时候,我去院子提水,看到糖糖挤开院门回来了,就像放学回家的小男孩。看到我,它奔跑过来,把脸凑近我,用额头一点儿一点儿地蹭我。

冬天来了。雪团悄然无声地落在屋顶、墙头,并一点点铺满山谷、草场,把平日里熟悉的景色变成一片白茫茫的陌生新世界。

糖糖身上的毛也厚得足以抵抗寒冬。它在雪地里溜达的时候,像是披着一件白皮袄,看着就很暖和。

白昼越来越短。在漫长而又寒冷的冬天里,为了尽量把日子过得快乐一些,牧场的孩子们总是聚集起来,变着花样举办各种小型或者大型与雪有关的娱乐活动。糖糖依然不甘寂寞,常常跑出去参与孩子们的娱乐活动。

一次,我还亲眼看见糖糖参与孩子们的滑雪活动。我看见它冷静地跟在孩子们后面,脸上露出沉稳且略显急切的表情。轮到它时,它以从容的脚步登上雪阶梯,然后沿着雪坡溜跑下来。落地后,它还会挂着扬扬得意的笑容,再重新回去排队。

后来,在与邻里的交谈中得知,糖糖还参与了牧场孩子们的打雪仗、堆雪人、雪中赛马……简直处处都能见到它的身影。

不过,大家都非常欢迎它参与。

毛毡里的马槽子

我目不转睛地盯着篱笆墙边的马槽子,来回走了两圈。这是有点历史的老物件,大概有七八十年的样子,可能还更久远。也许牧民已经嫌弃它的老旧和笨重,可是它的魅力使我久久不能平静。

隔着栅栏门,看到屋内走出一位老人。他扬起他那顶破旧的毡帽,热切地迎过来,毡帽被随手挂在了身边的篱笆墙上。

"嗯?你在看这个?"

我点头称是。

他表情神秘地凑过来："这是我外祖父年轻时在深山里捡到的红松，那是被雷劈倒的，他拿着刀子、斧头掏了十几天，才搞成这个样子。现在，可没有这么老的东西了。"

我同意他的说法。这个马槽子的确是难得一见，这是代表草原游牧文化的老物件了。我估摸着，它可能值上两三千。我抬头看了老人一眼——他正盯着我，指尖轻触嘴唇做思考状。

寂静片刻之后，他开腔了。

"如果你想要的话，必须来个一百元才行！"他冲我打了一个响指，一脸豁出去的表情。

他见到我面无表情，又停了半晌。我瞄到他迷失在疑惑之中的眼神时，赶紧把头抬起来，瞧着天空。同时，我的心里发出"咯咯咯"的欢笑声。

"这是红松马槽子，劈成柴火，够你烧一个星期的奶茶啦！"我用余光扫过，看到他抬起脚，朝马槽子跺了几脚。我的心随着他的脚上上下下猛跳了几下——要是再不把这个马槽子运走的话，他真会把它烧火做饭了。

我听到自己的声音脱口而出："我要了！"

"好！要不是这红松木硬得像石头，我早用斧头劈了！"说完，他长舒一口气。

简直不可思议，这个文物般的马槽子，是我的了，并且只花了一百元。我等老人从院子里拖出一块旧毛毡裹住马槽子之后，按捺着喜悦付了钱。

各位都知道红松木很重，所以，当我弯下腰提起马槽时，发现它纹丝不动。当我跟僵硬的旧毛毡搏斗了一番之后，终于抓住了合适的部位，这才眼睛鼓胀、满脸通红地提起了马槽。

我蹒跚着，往家挪去。

刚到马路边，毛毡的一头突然开裂，马槽子像一块石头般砸到地上。我跳了两三下，才没砸着脚趾。惊慌失措中，我"哇啦啦"喊叫了半晌，才控制住自己，不再惊慌。

费了好大劲，我重新把毛毡裹在马槽子上，又坐在上面，喘了足足有十分钟。

世上的事就这么凑巧，再次提起马槽子时，一群羊像是从天降落似的，突然出现在马路对面的树林里。牧羊犬首先发现了我，它哈着气，兴奋地冲了过来，好像我是一根久违的肉骨头。牧羊人"咻——咻——"几声口哨，才喝退了它。

当我准备横穿马路时，羊群如潮水般涌过来。我在羊群中钻进钻出，旧毛毡的另一端又裂开了，连同我一起摔倒在地上。这回非同小可，因为我和马槽处于闹哄哄的羊群之间。

我在挤来挤去的羊群间和牧羊人的吆喝声中，来回爬了好一阵，才站起来。又在羊群的东撞西搡之下，再次将毛毡裹好，咬紧牙关，使出每一道肌肉的拉拽力，拖着马槽，跌跌撞撞冲下路基。慌乱中，我瞥见几辆汽车等在路边，其中一辆像是警车。并且，一个好像警察模样的人，正缓缓朝我走来。

我逃离羊群，如释重负地扔下马槽子。现在我不必再担心被羊群踩踏了，因为我已经逃出好长一段距离，并且还躲在了几棵白桦树的后面。我回头望了一眼还在路上纠缠着的羊群,跌坐在地上。低头看双手时,发现粗糙的旧毛毡几乎掀掉我的指甲。

幸好最糟糕的时刻已经过去了。我脱下身上的衣服,跪在地上,捆着毛毡裂开的那一端,又取下围巾仔细包上另一端。可是在我做完这一切时,一只大手拦在了我的面前。

"嗨,你包着个啥东西!"一个厚重的声音,把"啥"说成"撒",带着浓浓的新疆口音——是那高个儿警察。此刻,他的两眼正从他的帽檐下杀气腾腾地盯着我。一边的嘴角上扬,似笑非笑。看那模样,好像他早已看穿我的内心,故意要看我接下来弄出什么洋相似的。

"马……马槽子……而已……"说这话时,我偷瞄了一眼那牧羊人,发现他站在路中间向这边回瞧着,似乎暂时忘了他的羊群。我暗暗祈祷,希望他不认识我这个在牧民中"赫赫有名"的小作家。因为现在这个场景,很容易让人产生不好的联想。

"马槽子?你用毛毡包着个马槽子?你说的可是喂马吃草的那个木头疙瘩子?"

"嗯,嗯……对啊……"我坐在还未落定的尘土中,挥去额头的汗水,仰望着他,露出讨好的笑容。

"不要再费口舌了,到那边去,"他指指停在路边的警车,又指指在我脚边绑得结结实实的木乃伊般的物件,"还有,这堆东西一起搬过去。"

我挖空心思想找些话解释,但完全想不出一句合适的。于是,我只好硬着头皮提起那堆东西,把重心从一条腿移到另一条腿,再由另一条腿移回来。这样反复交替着,朝警车边挪去。

"你知不知道,这样做是违法的!"他终于打破沉默。

我还来不及感到诧异,他又接着说:"一个女人,怎么可以做这事?"

"啊?不是,买马槽子……违法吗?"我将那堆东西扔到警车边,露出讶异的表情,"这个?我可是花一百元……"

我一定是表现得太摸不着头脑了,因此他用脚踢了一下"木乃伊",朝上挥了一下手。"行了啥,先别说那些没用的!"他满脸不耐烦地喊道,"老实交代吧!"

"哦,哦,对不起,你是说这块旧毛毡?这是买马槽子时人家送的。"我显得有些手足无措,只能深呼吸一口,设法让自己镇定下来。

"我说的不是毡子。"高个子警察的下巴抬得比先前更高了,"我说的是那里面包的是啥东西?"

我怀着不相信法律还规定买马槽子也违法的疑问,不情愿地解开毛毡两头捆绑结实的衣服和围巾,然后低着头,瘫坐在了地上。一副"管他呢,随他去吧"的放弃模样。

这时正是中午,骄阳似火,热浪翻腾,路面也被烤得热烘烘的。糟糕的静谧延续了十分钟之久。热风扑到我脸上,我感觉嗓子干涩、呼吸困难,汗水从发根悄无声息地流淌出来,一阵阵流到衣服里。天哪,从鼻尖到全身上下,我已经统统泡在了汗里头。

一阵马蹄声打破了沉默。

"是小七老师吗?"好像是牧羊人认出了我,"我们的大作家,您怎么这样……"

听到有人叫我作家,我立即来了精气神。清了清嗓子,也没忘记拍拍腿上的灰尘,理一下衣领,还把垂到眼前的头发收拢到耳后。

有人开始侃侃而谈,起初一段时间,我竟然不知道那个人就是自己。说的内容很熟悉,但感觉上好像发自我身体以外的地方,上气不接下气地、缓缓地、故作镇定地。我甚至不敢相信我坐在一摊油污搅拌着尘土的路边,而且竟然一本正经板着脸和他们侃侃而谈。汗水模糊了我的视线,朦胧之中,只见骑在马上的牧民温和地低头注视着坐在路面上的我。还有警察,从盯着毛毡里的马槽子上移开目光,大张着嘴,不好意思地望着我。

说教式的措辞不断从我的嘴里冒出来——"保护游牧民族的文化……马槽子是游牧文化最直观的一部分……不带走,就会被人当柴火烧了……最能说明百年游牧历史……尤其旧的需要保护起来,旧的最有说服力……"牧民和警察低着头,望着坐在路面上的这个满身灰尘的作家,不停地微笑,频频点头。

不记得我是怎么结束这场坐在马路上的宣讲的,在我慢慢恢复平静的当口,听到牧民说话了:"太感谢了,小七老师。大家都说您在保护我们的文化。"

又是一阵沉默之后,警察也开口说话了:"刚才,作家拼着命提着马槽子的样子,真是叫人感动啊!"

"的确,不容易啊!"牧民附和着。

"真是使出了全身的力量啊,没见过这么为别人着想的——看看,满脸的汗,浑身的土……"

"嗯嗯,对,对,看到了,看到了……"

"对,对,一个女人,难得啊,难得!"又

是一阵停顿之后,警察说道,"你知道吗?我还以为作家的毛毡里包着别的什么。"

"什么?"牧民满眼疑惑。

"她从羊群里披头散发钻出来的时候,"警察强忍住不敢笑的样子,用手盖住嘴瞄了我一眼,朝着牧民压低声音说道,"我以为她偷了你的羊。"

老努尔旦和他的老马

星期天的午后,一场阵雨过后,秋高气爽。

布鲁尔没有午休,他在店铺里忙乎着。自从开了这家铁匠铺以来,他每天做的事就是打制铁马掌和为周围牧民的马钉马掌。现在,他从蓝色油漆斑驳的架子上取下前几天打制好的几十只U形马蹄铁,摆放在面前的长条桌上,像展览似的一个挨着一个摆成一条线。他穿着一件灰色带暗绿色条纹的棉布衬衣,因为店铺里有些沉闷,衬衣上的两个扣子没扣上,袖子挽到胳膊关节处;下面穿一条棕色细条绒裤子,因为常常弯腰下蹲钉马掌,所以膝盖处垫得鼓鼓的。他是一个精干的人,肩膀宽厚,露出的手臂上竖着一道道的肌肉,一双手很大。他用大拇指在马蹄铁接触马蹄的那个面上一点点划过,遇到刮手的地方,他就拿起手边的钳子扳一扳,举起锉子"咯吱——咯吱——"锉一锉,嘴向外吹气,吹去锉下来的碎铁屑。他做事时专注得好像周围一切都不存在。

他把所有的马蹄铁整理一遍,然后一个一个排成一排摆在柜子上,自己坐在一把破旧的木头椅子上,眯着眼,欣赏那些马蹄铁。钉马掌是一门技术活儿，更是一门艺术，不是任何人随随便便就能从事的。布鲁尔能够轻松做好这件事，是因为他不但掌握着打铁的手艺，而且很懂马的身体结构及马的生理变化等许多相关知识。这些都与他多年在牧场放牧的生活分不开。

过了3点，他停下手中的动作，搓着手，在房间来回走。他走到架子前停下来，看着架子上摆着的东西。他看着那些工具，感到头脑发涨，身体有些困乏，他想，该去架子后的小床上躺一会儿了。他这样想着，走到里面躺下，双手枕在脑袋后面，闭着眼睛。

"布鲁尔！"也许是刚迷糊，他的妻子阿依旦在店铺外喊了一声。

"嗯？"布鲁尔惊得身上的肉跳了一下。

"是努尔旦大叔——"

"不在！我不在！"布鲁尔翻了个身，对着墙，侧躺在床上。

"努尔旦大叔，他来一次不容易。"

"不在！告诉他待会儿再来。"

"他在旁边，他说能听到你说话。"

"嗯？唉……"布鲁尔扯过身边一个垫子，压在自己头上，捂住耳朵，缩到墙边。

"布鲁尔——布鲁尔——"阿依旦走进店铺，站在床边用食指在他后背戳了几下。

"他……什么事？"布鲁尔拿开垫子，翻着眼睛问。

"老努尔旦大叔……你知道的，如果你不起来干活，他会让你一年不好过——他唠唠叨叨的毛病，你知道多么让人头疼。"阿依旦在布鲁尔身边轻声说。老努尔旦在周围邻居的心中就是那副样子。当着他的面，人们敷衍他："嗯，嗯，对，对。"背着他，人们嘲笑他："唠叨！事多！"

"唉！"布鲁尔叹口气，把手臂从头下抽出来，伸了伸懒腰，又打了打哈欠。

"起来！"阿依旦又用食指在他胳膊上戳了戳。

"他想在这里啰唆，似乎不可能，我不会给他这个机会。"停了一会儿，布鲁尔慢吞吞坐起来，捏了捏发麻的手臂，用手在眼

石钟山 （康剑 摄）

睛上揉了揉,走到桌子前的椅子上坐下,回头看了看柜子上摆放的排成一条线的马蹄铁,然后望向阳光强烈的门外。

老努尔旦出现在门口,他驼着背撑着头往里张望,细长而干巴的脖子从大一号的外套中突兀地冒出来。比起外面的光亮,里面漆黑一片。他的身后站着他的老马,那是一匹和他一样苍老的枣红色老马。

阿依旦朝布鲁尔做了个探询式的一望,他点了点头,声调低了下来:"努尔旦大叔,进来啊!"

"瞧瞧,我没听错吧?"老努尔旦摸索着朝里头走,嘴里不停歇地叨叨,"嗨,布鲁尔,我早就听到你的声音了。嗨嗨,别想骗过我,我耳朵绝不会比你差。布鲁尔,不信的话,你就试试看,如果你能骗过我,我就不是我了,那就是别的傻瓜老头了。哼!你这个布鲁尔,还想骗我……"你听听,他讲话的欲望多么强烈。

"怎么了?"布鲁尔看到他进来,站起身问,"需要我做什么?"

布鲁尔的话勾起了老努尔旦的忧虑,他立即呈现出一副束手无策的样子:"啊,你一定抽时间看看我的老马……"

"当然可以,"布鲁尔答道,"它怎么了?"

说起这个话题,老努尔旦的语速慢了下来,"哦,我的老马,"他走到桌边,转身指着门外的老马,"我可怜的老马,它没法走路了……我也弄不透是哪里的毛病,也可能是蹄子?"布鲁尔瞄了一眼老努尔旦侧着的脸,他的眼里涌出一些亮闪闪的东西。

"嗯,我看了才会知道。"布鲁尔往外走。老努尔旦快步跟出去,俯下身子,伸出手,小心翼翼捧起老马的右前腿。他的手

骨节粗大、粗糙的手掌龟裂如皮革般。

"今早它突然就瘸了,还把头垂得低低的,一副无精打采的样子。"老努尔旦说,"前几天走路是不太顺,不过还是可以走的嘛……"

"努尔旦大叔,不用说了。"布鲁尔上下打量了老马一番,又走近,低头查看马腿和马蹄,接着,开始由上至下摸它这条腿。他摸过每一节骨头,还小心地弯动它的肩、膝、踝、蹄等各处关节。这些动作,在马跟前是相当危险的,因为它们很容易挥舞蹄子表示抗议。可是,眼前这匹老马,你把整个脑袋伸过去,都不必担心。它很温和,充其量只会把鼻子里的热气喷到你的耳朵上——事实上,它现在正在这么做。布鲁尔的脸颊在它的鼻子喷射范围之内,所以它用温热的鼻子蹭起了他的耳朵。

"嘿嘿,别闹!"布鲁尔躲闪着,腾出手背擦脸,"你弄到我痒痒肉了!"

"它啊,就是这么招人喜欢。"老努尔旦听了,脸上紧绷的肌肉放松下来。

布鲁尔又继续检查马的腿和蹄:"可能是扭伤了,也可能是蹄中长瘤,如果是这些病,你得去找兽医治疗……不过嘛,看起来没这些问题呀!"布鲁尔说:"我想它没什么毛病。"

"不,不,"老努尔旦不安起来,"外表看着是很好,只是我想请你多注意看它的蹄子,看看能不能发现什么。"

"我没看出它有什么不对劲啊,"布鲁尔仔细地盯着马蹄,它并没有异样——棕黑色的马蹄,红褐色的马毛,"努尔旦大叔,到底是什么症状?"

老努尔旦再次显得不安:"你注意看它

走路的样子！来，孩子。"说完，他放下马腿，朝后走去，老马也跟着他。

"我还是不懂您的意思。"

"仔细看！"他又演示了一次，"就看……嗯……刚才那腿的蹄子，落下去的时候像是地面烫脚。"

布鲁尔蹲下来观察它的步态："有了！等等，就让它站在那儿。"他快速跑进屋里，出来时手里拿着一根手臂长短的小撬棍。

"对，对……"老努尔旦脸上泛起微红，"我就是怀疑马掌里头出了问题。"他很关注老马的每一个细节。可以看得出，在这寂寞的游牧岁月中，他们建立的感情有多牢固。

"来，抓住这条腿，我好给它检查。"布鲁尔捏着病腿，注意到这条腿热乎乎地发烫，"仔细看，这条腿比别的腿稍微粗大一些。"他蹲下来，用铁棍轻轻敲击磨斜了的铁掌。马儿立即畏缩了，腿在空中抽抖了几下，老努尔旦嘴里也跟着"咝——咝——咝——"吸溜了几下。

布鲁尔撬开马蹄铁的内侧，低头仔细观察，发现一根铁钉不知怎么穿透马掌的角质层，斜插进肉里。他用撬棍翘了一下那个钉子，立即有一股腐肉的臭味飘了出来。

"来，看，"布鲁尔指着铁钉，让老努尔旦看，"都插进肉里了，一定很疼，已经化脓了。"

"是，是啊，太严重了！"老努尔旦看看铁钉，再看看布鲁尔的眼睛，"这该怎么办呢？"他边说边轻轻抚摸老马的前腿，眼睛里的亮光更多了。

"有一个法子。"布鲁尔转身走进店铺，取出一把大号铁钳，活动了一下胳膊，然后蹲下来对老努尔旦说，"来，把马腿抬起来，我给它来一个小手术。"

"动……动手术？"老努尔旦干咽了几下，盯着他手中铁钳看了好一阵子，结巴着问。

"没错。必须拔了那根钉子，才会好起来！"布鲁尔一下一下捏着铁钳，动作不慌不忙，"所以你不必担心，只要多注意它就行。"

"我知道……我知道……可是它可能会疼得受不住……"老努尔旦抬起头哀伤地看着布鲁尔，下巴也在微微颤抖。

"没事，没事，啊，只要一分钟，立马解决！"布鲁尔安慰着，弯下腰，示意老努尔旦把马的病腿夹在两膝间，把马蹄向后往上轻轻抬起。

布鲁尔的手只是在马掌前晃了几下，钳子上就多了一个黑黑的生了锈的铁钉。

这个过程，老努尔旦一直咬着牙，嘴里反复咕哝："天哪，真热啊！真热！"布鲁尔抬头看他时，知道他没说错，因为他的额头渗出了滚圆的汗珠。他紧张地扶着老马的腿，眼睛红红的。直到知道铁钉拔出来就没事之后，才吁出一口长气并抹去额头上的汗。

他俯下身子，盯着被布鲁尔随手扔在草地上的黑色铁钉看了又看。他觉得那个小小的铁钉怎么会那么可恶，是它让自己的老马一跳一跳走不成路。每挪动一步，马背上都会渗出一层汗水。他把手放在老马的脸上摸了摸，拍了拍，脸挨着马的脸蹭了蹭。这位平时将唠叨发挥得炉火纯青的老头儿，就这样沉默着，一句多余的话都没了。

"去兽医那儿打一针破伤风针,再买几瓶碘酒。每天把脚掌泡在里面10分钟,一个星期后就没事了。"布鲁尔把手中的工具撂到草地上,站起身子看着老努尔旦的眼睛说,"再过一段时间,就可以来钉一只新的马蹄铁了。放心吧,我给它好好收拾下,钉一个漂亮的马蹄铁。让它的蹄子舒舒服服,一点儿问题都没有。"

"老天有眼啊!"老努尔旦乐得猛点头,"布鲁尔,要不是你,我都以为它这辈子算是到此为止了呢。呃,就那么着,做成老得嚼也嚼不动的熏马肉、马肠子……"他摊开双手,嘴角朝下撇了撇,"要不就成了走路一高一低的老瘸子。就像这样……"他抬着腿,肩膀一高一低地原地踏了两步。

他想努力说个笑话,让场面不那么严肃。可是,在他的眼睛移到老马身上时,却又一点儿也笑不出来了。他看着马的病腿,带着伤感又怜爱的表情,好一阵子没说话。在他身后,远处山体上,因为下雨生出的浓雾,不知什么时候缩小成一道闪闪发光的银带,在耀眼的太阳下,转眼又消失了。

就好像知道主人为它担忧了似的,老马转过头来,心怀感激地、痴痴地望着自己的主人,还用嘴推老努尔旦头上的帽子,蹭他的脸,然后把头担在他的肩膀上。它和它的主人一样老了,全身满是皱纹的皮紧紧包着骨架,褐色的毛发里已掺杂了不少白毛。尤其脸部白毛更多。同时,它身体里的坚韧也酷似它的主人。

任何人,只要指甲受过感染,他一定能体会出这时候老马因钉子造成的蹄内腐烂而受到的苦楚。更何况,给马收拾蹄子这差事,最容易惹得马儿甩出蹄子踢人。

但它不同,它好像能够看穿主人心思,眼睛半闭着,一动不动,咬牙苦熬着配合——它不会给它的老主人惹出任何麻烦。

老努尔旦轻轻抚摸它的前额垂发,又拍拍它靠着病腿的侧腹:"你看看,你看看,这不是好好的嘛。天又没有塌,你这把老骨头一时半会也散不了。放心,咱们的好日子还长着呢!"他喃喃地说着,又转向布鲁尔,点了点头,转身往回走。他的脚步比来时轻快多了。老马侧头看看他,缩着前腿,一歪一斜跟在他身后。

他们一同望着老努尔旦和那匹老马慢吞吞爬上山坡,"奇怪了,今天没怎么啰唆?从来不这样……"阿依旦转身问布鲁尔。

"没什么,今天他不想说嘛。"布鲁尔摊开双手,耸耸肩,眯着眼,看着慢慢走远的老努尔旦和他的老马。他和它都迈着摇晃的步伐,一瘸一拐,消失在灌木丛后面。

(注:马蹄铁,U形,一边三个孔,一边四个孔。旧的马蹄铁磨损换新时,需要找一个跟旧马蹄铁的钉孔正好相反的新马蹄铁给马蹄钉上。比如左面三个孔的就找左面四个孔的,这样右面也会相应错开,就不至于钉在以前的孔里,造成马蹄铁的松动。

钉马掌:将马蹄铁垫在马蹄下,用锤子把钉子敲入孔内,倾斜着钉入马蹄的角质层里。钉完后,用锤子把露在外面的钉头去掉,并用锉子锉平表面。马蹄的角质层里没有神经组织,钉马掌时马不会感觉到疼痛。钉马掌是为了保护马蹄的角质层,避免马蹄在长时间奔跑之后,造成角质层过度磨损。)◆

北疆小城阿勒泰的慢生活 喀纳斯小猫

◇
喀纳斯小猫

北疆小城阿勒泰的慢生活——

一个青岛姑娘的山居手记

作者简介:

喀纳斯小猫,本名王珏丽,生于山东青岛,毕业于中国海洋大学,现居新疆阿勒泰。新疆作家协会会员,鲁迅文学院第40届中青年作家高级研讨班学员。

作品发表于《西部》《绿风》《上海诗人》《上海作家》《诗歌月刊》《红豆》《散文诗世界》《椰城》等刊物,入选2019年中国作家协会定点深入生活创作项目,部分作品入选各种选刊和年度选本。出版散文集《雪都之恋》。

奶茶里的生活艺术

亲爱的古丽娜尔说:"人跟人之间愿意花时间交流,坐下来为了喝奶茶而喝奶茶,为了聊天而聊天,在哈萨克族家庭里是生活的很大一部分,是很重要的一种生活艺术。"这说得多么贴切。

来阿勒泰之前,我一直很爱喝奶茶,味觉已经被广告里宣传的每年销量绕地球一圈的珍珠奶茶麻木了。其实那里面没有什么真正的茶的成分,更不要说奶了,只是那些香精让人迷恋,而哈萨克奶茶是真正的茶加醇香的奶,没有人工香精。

还记得我第一次喝哈萨克族牧民奶茶的时候,看到大家往里面放盐,心想着奶茶不应该是甜的吗?盘算着要珍珠还是椰果,结果既没有珍珠也没有椰果,倒是有酥油(哈萨克族牧民放在奶茶里面的一种从牛奶里手工提炼的黄油)!黄黄的一勺加进热腾腾的奶茶里,金灿灿的油花立马融化蔓延开来。大家都在看着我怎么喝下去,料定我这个口里(内地)娃娃喝不惯。我双手捧起碗来喝了一大口,然后说"真好喝",于是大家都夸我实在。一碗奶茶都喝光了,古丽姐姐又给我倒满一碗。于是大家一面说稀奇,一面啧啧称赞。大概是我喝得很豪爽吧。新疆人不喜欢矫情和秀气,喝奶茶不能像喝工夫茶、品咖啡似的,而应该大口大口地喝才对味。

从那以后,我便告别了大城市遍布街巷的珍珠奶茶,无可救药地爱上了哈萨克奶茶。然而每次喝奶茶,朋友们仍乐此不疲地看我一碗接一碗地喝,并对于我爱喝奶茶这件事永远赞不绝口,尤其是我那么爱加酥油,要知道很多当地的汉族人是吃不惯酥油的。

同样的茶,同样新鲜的牛奶,同样的盐,同样的熬煮,如此简单的材料和工序,不同的哈萨克族家庭里的奶茶味道总是不尽相同。烧奶茶是每一个哈萨克族主妇一生的事业,不管是上班族还是家庭主妇,不管在城市还是乡村,她们从很小的时候起就已经掌握了这门技术,她们从祖母和母亲那里学会了这一切。

喜欢看每个主妇烧奶茶的背影,看着看着心里就有颤巍巍的暖流阵阵滑过,那温柔的背影散发着浓烈的母性韵味,伴随着烧开的茶香,连未婚的哈萨克族少女烧茶时也会让我有这样的联想。最爱看的仍是哈萨克族老奶奶烧茶的样子,她们的皱纹里有深沉而安静的故事,即便在临时搭建的毡房里,她们也那样优雅安详,或者说毡房的简陋更衬托出她们的精致。每当奶茶盛到镶着金边的碗里端上来时,双手接过都觉得那是一份神圣的礼物,还带着只有母亲才有的温暖。

哈萨克族真的整天都在喝奶茶,在家时要喝,走亲访友要喝,宴请下馆子要喝,逛街或者路上偶遇要喝;正餐时要喝,聊天时要喝,闲暇时要喝,而下午茶更是必备的仪式……所以茶水,整天都在烧;牛奶,越煮越香浓。而牛奶煮开了一次就盛放在一边安静地等待,每一碗奶茶都是茶水与牛奶的激情碰撞,又像是等待了五百年的相遇,它们紧紧地融合,永不分离……

虽然喝工夫茶、品咖啡也有它们的艺术,可喝奶茶的艺术更融入生活,更令人依恋。奶茶既可以是早餐时的主角,又可以是聊天时的饮料。用它们可以招待宾客,也可以慰劳自己;它们并不昂贵,但可以尊贵;它们是家庭的,也是茶馆的,还是宴会厅的……

无论什么时间,和什么人,在哪里喝奶茶,你都要静下心来慢慢地喝。突然就停下了脚步,突然心就不再挣扎,一切都变得安静美好;有时候谈天说地,有时候叙说心事,有时候只是面对面坐着捧起碗默默地喝,任时光如流水般在茶碗以外经过,谁都不再着急,不再慌张……

从外地回来的阿勒泰人,第一件事情一定是喝上一大碗奶茶,这时一路的奔波就有了归宿。严冬里,放牧归来的男人回家的第一件事也是喝奶茶。这时奶茶像血液一样安抚了天寒地冻里紧张的每一根神经,那是生命的渴望,又是家的温暖,仿佛能听到他们身体里的细胞因为得到抚慰而微笑的声音。

我们喜欢喝奶茶,当然是爱那香浓的滋味,可我们更爱奶茶所带来的除了奶茶以外的一切,我们更愿意享受喝奶茶的时间和在这些时间里的自己、爱人、家人、朋友……奶茶静默不语,它包容一切,又让一切变得从容美好。它给了我们慢时光、慢生活,它在时刻提醒我们不要碌碌无为。它是那样的朴素,让我们想不起"哲学"和"艺术"的字眼。可这才是真正的哲学,这也是生活的艺术吧。

小城秘密

热闹了一夏天的早市随着天气变冷也渐渐冷淡下来,当地菜越来越少了。在季节不等人的深秋,早市最后的繁荣是冬菜上演的独角戏。

阿勒泰的夏天真是短暂得令人不知如何是好,当地的草莓一上市,若稍犹豫就来不及尝鲜,一眨眼就下市了;当地的蔬菜那么新鲜、便宜,可大家也享受不了三个月就结束了。即便如此,人们的热情和希望也丝毫不受影响,生活的智慧在勤劳的主妇之间蔓延,代代相传,这里的人们特别拥有晴时补伞的传统。

在地产蔬果物美价廉的夏天,大家一边享用,一边就开始为冬天甚至来年春天储备食物。一边吃着辣椒、豆角、花菜,一边晒着干辣椒、干豆角、干花菜;一边吃着西红柿、草莓、海棠果、黑加仑,一边熬着西红柿酱、草莓酱、海棠果酱、黑加仑酱;一边炒菜,一边做起各种酱菜、泡菜;一边啃着黏苞米、甜苞米、水果苞米,一边冻着苞米棒子、苞米粒子;一边吃着新鲜的绿叶蔬菜,一边冻着开水焯过的蔬菜团……生活的智慧是这样,大家努力地把这短暂夏天的丰盛留给另外的三个季节,于是能晒干的就晒干保存,不能晒干的就熬、煮、酱、泡着保存,最后的兜底方式就是冷冻!

其实,冷冻保存的方法最适合保持营养成分,只是大家还要腾出地方来留给冬天时宰杀的牛羊。冬天宰杀也已经不仅仅是哈萨克族的智慧,而是成为整个山城的生活习惯。把从夏牧场牧养回来的膘肥体壮的牛羊宰杀冷冻上,一吃就是一整年。

还记得买冰柜时老板说,阿勒泰的冰柜销量在全国名列前茅,多少大城市望尘莫及。因为其他地方的冰柜都是商用,如小商店用来装冷饮、冻品之类的,只有阿勒泰冰柜像冰箱一样是生活必备品,家家户户少不了。如此想来,阿勒泰人民还真是为冰柜产业的发展做出了不可磨灭的巨大贡献。

忙完了这一夏天,连着初秋,冰柜塞满了,瓶瓶罐罐装满了,干菜袋子鼓起来了,刚喘口气,就到了深秋。于是,大家又开始大批量地储备冬菜,晾大葱(我真觉得阿勒泰人比山东人还要热爱大葱),买洋芋、胡萝卜、"皮牙子"、大白菜……这些才是整个冬天及大半年的时间大家餐桌上的主要菜品。

早市上小山堆一样的大白菜,一网兜一编织袋的洋芋、胡萝卜、"皮牙子",家家户户都整批地买回去。为了防止发芽生霉,大家用沙子把洋芋埋起来,这也是阿勒泰人生活的智慧。比起蔬菜来,要储存的水果很单一,一般只有苹果,当地181团一营的苹果很畅销。

虽然冬季漫漫,长达半年,可是与单调的季节相比,人们的生活仍过得热闹而丰富。是环境决定了人们的生活方式,而坚强乐观的人们在生活中积攒了智慧。不同的民族原本拥有不同的习俗,而时间久了,隔阂越来越少,融合越来越多,渐渐地亦如水墨山水的晕染,油画色彩的斑斓,你中有我，我中有你，早已分不清你我、画不出界线。这一切的一切都成为生活的智慧，为每一个阿勒泰人所拥有，为每一个家庭所珍惜，为每一代人静静地流传着、丰富着。

就像永不停息地流淌着的母亲河克兰河，唱着岁月如歌……

"皮牙子"和"拉条子"

新疆人说话，啥东西都喜欢带个"子"做后缀，如此一来很多东西和别的地方的叫法都不一样。

比如说蔬菜吧，辣椒不叫辣椒，叫"辣子"，根据颜色不同分别称"红辣子""青辣子"，晒干了就叫"辣皮子"。洋葱不叫洋葱，叫"皮牙子"。

有一回王阿姨到内地去探亲，买菜的时候问"皮牙子怎么卖的？"那卖菜的四川人大概没听明白就没理，王阿姨又指着洋葱重复了一遍"皮牙子怎么卖的啊？"结果那人突然激动地说"你才是个皮牙子"，作势就要赶她走。王阿姨纳闷坏了，这卖菜的怎么这么大火气，就和他理论，说来说去才搞明白，原来那卖菜的以为"皮牙子"是骂人的话。这把王阿姨笑坏了，赶紧给他解释新疆人管洋葱叫"皮牙子"，那人还是将信将疑，觉得好生奇怪。

再说面食吧，新疆的面食也爱用"子"做后缀。和面的时候通常要加点盐，不能和得太硬，再弄成手指粗的长条，像中国古典旗袍盘扣般绕着圈儿盘起来然后放在大茶盘之类的容器里，抹上油防粘，并醒一段时间。煮的时候两只手一边将长条拉细一边往锅里下，这就是一根"拉条子"。"拉条子"弄断了就成了"二节子"，弄扁了揪成一小片一小片就成了"揪片子"。还有叫"搓鱼子"的，就连炸的油饼也要叫个"油饼子"。总而言之，言而总之，不以"子"做结尾好像就不成体统似的。

卖手工面的地方都是把一根一根"拉条子"面盘好后，刷上清油用塑料袋装起来，在底下垫一块边长比面盘半径稍富余的方形硬纸板，再套上个塑料袋。如此一来，那油软软的"拉条子"面不论提多远，晃多久，仍然可以保持规整的圆盘模样，不会黏也不会变形，回家炒两个拌面菜——最地道的当数过油肉了。煮好的"拉条子"面，很多人喜欢将其过一下凉水再装盘，然后把菜加到面里搅拌匀就开吃，这就是"拌面"，真形象！其实"拉条子"是拌面的俗称。很多新疆人从口里回来第一件事就是去吃拌面，吃一盘不过瘾还要加面，好像在外面天天吃不饱一样，真的一点儿也不夸张，足可见大家都是多么热爱拌面。

绕扎姐姐每星期总有那么两三次都会提着"拉条子"面回家，家里吃饭的人多嘛，一提就是六七个"拉条子"面盘，一摞子。我就会打趣地说"中午又吃'拉条子'呀"，她也会一见我就欢喜地说"中午上我们家吃'拉条子'去，走"。绕扎姐姐的手艺比拌面馆的手艺还老道，我就管她叫"拉条子"姐姐。

加纳提的"醋油"

一个周末，我睡到十二点才懒散地起床，下了半个小时的决心才打算下楼去吃点食儿。

房间里阴冷，外面却暖洋洋的，感觉好

像自己是冬眠的土拨鼠。

楼下，一大群小女孩儿在跳皮筋儿。她们有汉族，有哈萨克族，但是感情都很好，民族团结的种子真的从小就在山城娃娃的心里生根发芽。她们一群正向我扑过来，"姐姐，a'bei'kei（哈萨克语"姐姐"的意思）"地叫作一团，拉我和她们跳皮筋儿。她们一直管我叫姐姐，管单位的其他同事叫叔叔阿姨，就因为我会陪她们跳皮筋儿。

看到她们把皮筋儿一边拴在草坪旁刚刚栽好的树上，我跟她们说不能那样在小树上绑皮筋儿，不然小树就活不了了，她们赶快将皮筋解了下来。

楼上的妈妈们此起彼伏地喊她们回家吃饭，加纳提和拉扎提非要跟着我去玩。在她们看来，走路、说话都可以是玩，所以我经常听同事谈自己的孩子时无奈又疼爱地说："我们家×××放学，一站路走了两个小时才回来，不知道路上玩什么。我说你都是爬着回来啊，她手里给我捡了一堆破烂儿还说是宝贝，真没办法……"

带着两个小女孩儿选了"丸子汤"，回族的一种特色小吃，里面有肉做的丸子，还有蘑菇、青菜等，碗底有一堆粉条，有点像砂锅的组成，味道很不错。

加纳提说："姐姐，我要放醋油。"我在一边愣了半天。因为不太精通汉语的少数民族，说汉语时经常有倒装或者含含糊糊的话，要边听边猜才能弄明白。拉扎提也跟着要起来，小孩子就是这样喜欢跟着哄。我问："醋油是什么啊，是酥油？"正疑惑着，看她们两个在桌子上摆的调料中间闻来闻去，找到了，倒在自己的碗里，还问我要不要。我闻了下，这才恍然大悟，原来

是醋！还说什么"醋油"，害我想了半天。丸子汤冒着热气很快把醋的味道释放出来，满屋飘香。

加纳提一本正经地拉着我说："a'bei'kei，不是有香油、酱油吗？那么，这不就是醋油吗？"我"啊"了一声，皱起眉头，然后咧着嘴笑起来——这种歪理怎么经她们一说这么有道理啊。没错啊，酱油可以叫油，醋怎么不行呢？可以可以，孩子也有自己的逻辑学呢。

多年以后，一个漂亮的姑娘迎面扑来，抱着我叫——"姐姐，姐姐"。我的爱吃醋油的加纳提已经变成大姑娘了，而且普通话一等一的好！

夫妻砂锅店

我喜欢吃砂锅菜，一口黑色的油油的小锅，"滋拉拉"响着被端上桌，里面有汤汤水水、蔬菜、肉片，寒冷的冬天来上一锅，吃后所有寒冷都被逼出身体，留下的全是温暖和满足。

在生活过的哈巴河和阿勒泰，各有一家砂锅店让我印象很深，也颇有感情。它们让我记住的方式并不相同，但一家好的砂锅店要开得红火、开得长久、有口皆碑，其不变的秘诀就是经年累月、日复一日地保持好的品质。

先说说这家面如菩萨的老板娘。

在哈巴河的三年，几乎每个周末我都会去新泰砂锅店光顾。

新泰砂锅店在哈巴河开了十几年，不大的店面，五六张桌子，到饭点儿时常满座。即便如此，仍有人心甘情愿地排队等候。

十年，哈巴河的县城经历过多少变迁，马路翻修过几次，街道上的树也换了几茬，多少平房消失在一排排整齐的楼房背后，多少旧时的记忆已找不到依傍。而这小小的砂锅店，经历着这一切，看在眼里，不动声色，它在周围的改变中静默地坚持，不曾像其他快餐店一样经历三年五载便门庭冷落，不是换了主人就是换了营生。它的红色招牌悬挂在门楣上，细数着一年又一年的风雪，和隔壁店面崭新的现代感招牌形成鲜明的对比，可它褪色的陈旧却让人觉得踏实温暖，像记忆中的家门。

第一次见到新泰砂锅店的老板娘，她完全不像是做生意的模样，也全然没有老板娘的气质，她不紧不慢、面带慈善的浅笑，有超凡脱俗的气息。突然有一天我感觉到她像谁，像观音菩萨啊，面相和神态都很像。

不管店里多忙多拥挤，她都完全不会为了生意催促每一位客人，无论你一边闲聊着慢悠悠地点单，还是用餐完仍意犹未尽地唠嗑。来的客人无一不是回头客，而且都是老熟客。你坐在那里一面吃一面听就好了。刚进门的和坐着吃的聊起来了，站着等的和旁边的聊起来了，有的埋头吃得热火朝天起身买单时老板娘说隔壁桌的付过钱了，于是又过去一阵寒暄……在这个塞外小城，在这个不大的砂锅店，吃顿饭不遇到个熟人都难。大家总要争抢着买单，老板娘就悠然地看着两人推来拉去，就算争个十分钟八分钟她也没有一点儿不耐烦的样子。

老板娘的老公负责打理后堂，有时我会跑到后堂要求这个多些那个少些什么

的，他也总是很和善地完全满足，不大的后堂井井有条。周末我常常去砂锅店吃一顿晚早餐和早午餐的二合一，这时人相对少一些。这时就会看到夫妻俩慢条斯理地择菜、洗菜、烙饼子，准备一天的生意，虽然很少交谈，但他们的步调是那么的和谐一致。在他们的脸上没有压抑也没有急躁，没有对平淡生活感到乏味和变得麻木。他们的表情里写满"珍惜当下"，即便外面再嘈杂，他们都依然用心经营着自己的夫妻砂锅店，享受着平凡安稳的生活带来的知足常乐。

老板娘烙的饼很好吃，有时我不吃砂锅（菜）也会买来当早餐。那时饼为五角钱一张，再熟的顾客，老板娘也从来不赊账，不抹零。起初觉得都这么熟了，还要五角钱零钱，麻烦，也有点不近人情。后来想想，哈巴河这个小城，一家经营了十年的砂锅店，来的哪个顾客不是熟人呢！这十年间夫妻俩看到了多少人的成长变化啊，给一个人优惠了，对其他人就说不过去了，那这小本生意多少都会损失。看似不近人情，其实到头来谁也不得罪，对谁都公平，这种坚持其实也是生意哲学吧。

离开哈巴河以后，每每回去都要去新泰砂锅店报到，见到老板娘格外亲切，不吃饭也要唠唠嗑，聊聊最近的变化、看看小店的变化。而今的新泰砂锅店，已把旁边的一个门面拿下来，打通后扩大了店面，一如往日热闹。

假如有一天我也开一家这样的夫妻店，靠小本生意诚信经营赚个辛苦钱，一天24小时和爱人在一起迎接日出，再披着星辰回家，一年365天在一起重复着同样的

劳动、坚持着不变的品质，那么这样的小店会是我们的另一个家，另一个风雨同舟、白头偕老的见证吧，并且这样的小店也会伴随很多人的成长，承载着很多人的故事和情感吧。

再说说另一家砂锅店，提供的是快餐价格、五星级服务。阿勒泰的回味砂锅店，在那里吃一口就忘不了，当然爱上的不仅仅是味道。

店的门面位于四大队家属楼临街的一楼，一进门就可以看到烤好的饼整齐地码在专用的食品盒里，闻到扑面而来的香味儿，透过大玻璃窗，后堂一目了然，两个房间各有六七张桌子，到了饭点儿客人满满当当。

开了好几年的回味砂锅店仍让人觉得很清新，墙上简单却恰到好处的装饰充满了温情。落地的消毒柜里分别整齐地摆放着三种颜色的茶杯、小碗和小碟，很少在这种小店看到这样的餐具配备，就算几个人吃饭也不会弄混。粉色、蓝色、米白色的陶瓷杯、碗、碟，镶嵌着小花，令人欢喜。

看着墙上的菜单，点好砂锅品种，老板就会爽朗地应着"好嘞"，转而朝玻璃窗那里喊一声"一个杂烩、一个丸子"，然后麻利地取了烫热的杯子倒满茶。老板总是亲自来续茶，毫不含糊。除非实在忙得顾不上，他才会对客人稍带歉意地把茶壶放在桌边，并细心地提醒，"壶嘴别冲着人免得烫着啊"。这老板还真细心嘞。

不一会儿，老板又"哗啦啦"地拿来报纸，在每个顾客跟前的透明餐桌布下压上一张。一看就明白了，这是防止吃砂锅时汤汤水水滴到身上嘛，这未免也太贴心了

吧，每天还要准备这么多报纸，再把它撕成合适的大小，这免费提供的服务多浪费时间和精力啊。我想他们肯定有时提供，忙的时候就顾不上了吧，或者总有报纸用完的时候，结果猜错了。他们从来没有一次落下过一个顾客，不管多忙也毫不疏忽，任何一个细节都不忽略，而且从不敷衍了事，就像这是一个必要的程序一样认真细致。每次吃砂锅我都会扫一眼报纸的品种，简直五花八门。有一回我不禁好奇地问老板："这么多旧报纸要从哪儿弄呀？"老板说："大都是顾客来吃饭时捎来的，大家都觉得这样卫生方便吧，好心人多。"我在心里记着这事儿，不禁觉得旧报纸能被如此二次利用也蛮好。我也打包了旧报纸送给老板，他特别高兴，连声说"谢谢"，结账时他多找了两块钱给我表示感谢。这下弄得我更不好意思了，走时说"以后攒了再带来"，心想着下回要悄悄地放下。

热乎乎的发面小圆饼在后堂被一切四块，老板同时端上来的还有自制的辣子酱，"把饼子从中间掰开夹着辣子酱吃哟"，这饼的吃法有规矩。去了十次八次，他每次都这么不厌其烦，我每次都笑着听着，因为即使说"知道规矩"，他还是会再讲一遍吃饼的秘诀，然后听他跟隔壁桌、隔壁的隔壁桌也一字不少地叮咛。这是他自己设置好的程序，不管你掌握没掌握，他都会把你作新顾客一样无微不至地照顾。

饼很香，辣椒酱也够味，吃法新鲜，更让人食欲大增，还没等砂锅上来我就吃个半饱。同样的饼也制作成肉夹馍供外卖，还有小店自制的鸭脖子和羊蹄子、烤牛奶面包也十分受欢迎，经常有人专门来打包购买。

"滋拉拉"、热乎乎的砂锅上桌，迎来这正菜之前有那么多的花样，而这正菜也毫不含糊，色、香、味、量都十足。我偏爱他们自制的丸子，味道独特，当然要个杂烩的砂锅（菜）才最能充分地享受砂锅精神，荤荤素素各式各样都汇聚在这一口砂锅里。

老板娘忙着熬汤配菜煮砂锅，老板忙着上菜收款招呼客人。他们分工明确，总是在忙碌，每个小本经营的夫妻店大都如此吧。可他们却让一个普通的砂锅店变得店如其名——回味，回味无穷。他们是平凡的，却把这一方小天地打造得与众不同，每个细节里都可以体会到用心，饱含着敬畏与执着。很多大大的梦想都是由这样不起眼儿的精神和坚持积累起来而实现的。我尊敬他们，并且送上充满温暖的祝福。

散啤和散奶

到了夏天，如果爸爸下班回家早，并且给我五元钱，那一定是要我去打啤酒啦！

是的，青岛的夏天，啤酒是新鲜的，青岛人都爱喝散装啤酒，这种啤酒简称散啤。"吃蛤蜊，哈（喝）啤酒"是爸爸夏日晚餐的固定"节目"。散啤一元钱一斤，打完啤酒，剩下的零钱算跑腿费，可以买零食。对此，我和爸爸心照不宣！我呢，常买的零食就是甘草杏啊、酸梅粉啊、棒棒糖啊之类的！打了散啤路过小卖部，把剩下的钱都换成零食儿，边走边吃，吃完差不多就到家了，实在是件很美的差事。但工作很忙的爸爸经常不回家吃晚饭——哎，我多盼望爸爸每天都按时下班啊，当然不全是图零花钱！

夏天的青岛，路上不停穿梭着标有"青岛啤酒"的送货车，每天把最新鲜的啤酒送到城市的各个角落，感觉青岛这座城市的血管里流淌的不是血液，而是啤酒！随处可见银色的啤酒保鲜桶，保鲜桶上有个龙头，老板把弹簧秤的挂钩往塑料袋提手上一挂，再对准龙头一拧，"哗啦啦"，金黄色的啤酒带着洁白的泡沫温柔地流淌出来，秤上的指针慢慢转动，到了所需刻度，迅速拧紧龙头取下啤酒袋。大街小巷，男女老少、三教九流，人人手里提着透明塑料袋装的散啤酒，就像四川人爱吃麻辣火锅、北京人爱喝大碗茶一样，身在其中从没觉得这是一种地方特色，可置身事外看一看，还真是一道风景嘞——在别的城市见不到啊！怨不得很多人都说，这塑料袋打啤酒是青岛的一大怪。是的，夏日的青岛海风里都弥散着啤酒花儿特有的香味。

散啤也叫生啤，虽然在工艺和原料上与瓶装啤酒相似，但它未经过高温灭菌工序，酒内活酵母、微生物等微量元素含量较高，味道没有瓶装啤酒那么冲，更甘甜爽口。炎热的夏天，散啤是最好的消暑饮品，甭管大酒店还是路边摊都是散啤的天下！你得说："老板来一扎啤酒——老板再来一扎啤酒……"呵呵，其实"一扎"就是一斤，用透明的水晶杯盛着，你要是说"来一杯"那就太外行了！青岛人喝啤酒跟喝水似的，一扎接一扎。为啥喝不醉呢？你想吧——等你的肚子像气球一样鼓起来打饱嗝时，那点度数还远没上头呢！所以敞开了喝也不会醉，但喝出了千千万万的"啤酒肚"倒是真的。若是走在青岛的街市上，你会看到，从小青年到大叔，腰带都没扎在腰上，而是靠下扎着，还有上面都托着一个圆肚子。"啤酒肚"在很多地方都是用来当形容词的，可在青岛，想必大半都是喝啤酒喝出来的，啤酒可是"液态面包"啊！

都说，海鲜配啤酒会闹肚子，应该配红酒。可青岛人从来都是海鲜配啤酒的，反而，遇到配红酒的会觉得矫情，一看就是外行！外地人来了一喝啤酒吃海鲜就闹肚子，可青岛人不会！看来，青岛人的肠胃经祖祖辈辈的基因遗传，早已适应了啤酒的滋润。

离开青岛，来到一个离海最远的地方，路上人人也提塑料袋，不同的是，塑料袋里盛的不是金黄的散啤，而是醇香的牛奶！

起初觉得好生奇怪啊，也终于体会到外地人看青岛人打散啤的惊讶——每座城市都有自己的节拍、自己孕育的习惯。在这里生活的人，也都不约而同地遵循和守护着真正属于自己的——身在其中不易察觉，异乡人一眼就能看出不同、嗅出异样的风味与特色。

刚来小城那年，牛奶是两块钱一公斤，算起来和青岛的啤酒价格一样啊！啤酒是论斤卖，一块一斤。别人都是用塑料袋打牛奶，可单位的努古姐姐每次都用盆子打，而且一打就是三公斤——他们家可爱的女儿加纳提啊，天天把牛奶当水喝，那皮肤白嫩得真是喝牛奶喝出来的，身上都是一股子奶香味！

入乡随俗，我也开始打牛奶喝。每天烧奶时，看着那洁白的牛奶在奶锅里一点点起泡，泡泡越来越多越来越细密……"呼啦"一下全溢了，一股子煳味！哎，原来烧牛奶看似简单也是个技术活儿——火候太大会煳底，要用文火，还得不停地搅啊搅，仔细观察泡泡的变化，在恰当时关火才会烧得又透又不溢锅。后来，卖牛奶的古丽姐姐跟我说，烧"奶子"时加点白糖就不溢锅了。别说，还挺灵！一物降一物，不得不佩服，真是来自生活的智慧！

塑料袋盛牛奶容易破，坐车什么的不方便，所以在阿勒泰盛行用大号装汇源果汁的饮料桶打牛奶。每遇饭局要是有这样的饮料桶，必然会被贤妻良母收回家洗干净，用来打牛奶。

我呀，最爱看牧区的哈萨克族阿帕烧牛奶。牛粪"噼里啪啦"地燃着，阿帕不停搅拌着一大锅牛奶，奶香在火苗的跳跃间弥漫开来，让人顿时被幸福感笼罩。将牛奶烧开后，那丰富的奶泡随着时间的推移、温度的下降，会一点一点下沉，你再回头看时，它们已经从轻盈梦幻的泡泡凝结成一张诱人的奶皮子，颜色也从白色变成黄油一般的颜色，油油亮亮的！当你用勺子去舀奶时，真不忍心把那奶皮子弄破啊！

这边，将茶烧开了，阿帕早已给每只碗里倒了一半茶，然后一勺一勺兑牛奶。当牛奶融进茶水里，发生了奇妙的变化——茶水不再清澈，乳白的牛奶将它环抱并渐渐融为一体。它们不再是孤单的茶水和寂寞的牛奶，它们变成了世界上最温暖的奶茶！这时，只有奶皮子依旧漂浮在奶茶的最上层，我用小勺搅拌，它就不停地随着小勺转圈圈，阿帕又给我加了一勺奶皮子——是的，我多么喜欢奶皮子啊，每次喝奶茶都要多多地享受这样的美味。它们一朵一朵地在茶面上翩飞旋转，直到喝下肚子，奶皮子带领着奶茶抚摸全身的每根神经，那一刻,我觉得自己是世界上最幸福的人。

梦见自己两只手提着塑料袋,左手是啤酒,右手是牛奶,走路时随着手臂的摇摆,两只袋子里分别荡漾起一面金黄、一面洁白——金黄的啤酒上漂浮着洁白的泡沫,洁白的牛奶上荡漾着金黄的奶皮子。我迎风歌唱,唱向左边是湛蓝的大海,唱向右边是白雪覆盖的将军山;唱向左边是八大关的红瓦绿树,唱向右边是俄罗斯步行街欧式建筑的红尖顶和晶莹剔透的冰树枝……后来,我奔跑起来,啤酒撒了——海浪一层一层袭来,终将我淹没;牛奶撒了——白雪一片一片飘来,终将我覆盖。是海浪冲散了白雪,还是白雪冰冻了海浪?

都说,海水是不结冰的。可是,就在这一年极寒的冬天,某个地方的海水结冰了!

山大哥眼里的大蒜

山大哥是个极孝顺的人,跟他聊起亲情,他说一家人就像大蒜一样,爹娘就是那中间的梗,是一个家的主心骨,有他们才有家,家是那层皮儿,把蒜瓣一样的兄弟姐妹紧紧包在一起……

有一天,爹娘没了,家也就散了……

春雨蒙蒙的午后,我听到这席话,心里也起了雾。

家,不在于贫穷富有,不在于房子大小,父母在,亲情在,才有家的味道,才有每逢佳节倍思亲、兄弟姐妹天南地北逢年过节赶回家团聚的期盼和方向。

兄弟姐妹同出一家却不尽相同,父母对他们不可能完全一样,他们对待老人所尽心力也不尽相同,还真是像这蒜瓣有大有小、有胖有瘦一样。

在新疆,在阿勒泰,少有为争家产反目成仇的情况,但在很多发达的城市,这样的情况屡见不鲜。有大打出手的,有为了几平方的"趴趴房"拆迁撕破脸的,还有把老人赶出家门不赡养的……在法院实习时,每次看到这样的家庭闹剧,我都会心生悲哀。他们忙着争抢年迈的父母仅有的钱财时,有没有想过自己曾怎样被父母含辛茹苦拉扯大,曾怎样和兄弟姐妹手拉手长大。在利益面前他们早就忘了,忘了血浓于水,他们已经有了自己的小家,也已为人父母,红着眼要为自己争夺,不顾父母眼里的悲凉,更不顾惜手足情——打断骨头连着筋。

每当此时,望着那些老人,走到暮年,却要与孩子们为敌,还要看着孩子们反目成仇,他们无望地流泪,肩膀颤抖,像极了风中之烛,我特别心酸。

马法官说我太多愁善感,跟一次庭哭一场这还得了。调解时已然没有希望,马法官走了,我还在执着地劝说,劝了原告劝被告,最后硬是被他们无理也要声高的狰狞面目彻底摧毁。早该知道,劝得了的家庭怎会让家丑外扬闹上法庭;也早该知道,清官难断家务事是老祖宗几千年前就总结出来的箴言。

几个月的磨炼,不管多么不可思议的子女和多么可怜的父母都不再让我当庭落泪,只会转而在心里暗暗叹息。并不是我麻木,更多是无奈,并且学会客观看问题了吧。马法官说这才像个大人嘛。我心想,还是当孩子好,可以不用掩饰。

那一刻我突然理解了自己所崇拜的马

法官为什么总是那么镇静,始终保持中立,始终不动情,是经受了岁月的磨砺。他年轻时,如我这般,是否也曾多愁善感过,是否也曾心急如焚过？又想到了医生,看起来医生总是对患者的病痛无动于衷,大概也是如我这样战战兢兢地经历过最初的感性,只有不动情才能更好地行医吧。不然大家都那么容易跟随对方的情绪和痛楚,又怎么能做出清醒的判断和治疗呢？

当个大人还真不易……

喜欢阿勒泰这个小城,因为更多地看到年轻的父母带着孩子去看望老人,也更多地看到不逢年过节常团聚的四世同堂家庭,随处可见的子女陪老人散步、买菜、逛公园,这样的温情多么朴实又令人心安。在繁华的大都市,每个大人忙碌又孤独,这些温暖的画面就快消失在高楼大厦的转角了……

生老病死谁也改变不了。终有一天,父母会老去,家会散,再紧实的大蒜也会开裂。在这无奈之前,少一些自私就少一些遗恨,少一些计较就多一些温暖。谁不羡慕热气腾腾的家,这样的家不是别人给的,而是要自己去维护才有的,只要你想总是可以的。

旋转月饼的香浓记忆

关于放假和调休的通知,大小商场糕点房显眼处那红彤彤的礼盒,不时在人群中谈论"月饼"的字眼儿,都在昭示着八月十五临近,中秋佳节快到了。

离家后每到大小节日我都会格外想念爸爸妈妈,中秋佳节就是专门让背井离乡的人想家的,想给几千公里外的爸爸妈妈寄份礼物表达心意,带去祝福,每次妈妈都说"不要,不要",说家里什么都有,让我把钱自己留着花。

我就当真了。

今天盘算盘算,这几年,除了在父亲节、母亲节和过年回家的时候给爸爸妈妈买过礼物,中秋节既没有和家人团聚过也没有给爸爸妈妈买过礼物,我给自己狠狠记了一过。

不同的年纪有不同的体会,所谓的年纪只是个标志罢了,在岁月的征程中所走过的路、经历的世事和收获的顿然感悟都是潜移默化的。

前不久,一个姐姐忙着给家里寄干果。我以前每次回家给家里带各种特产干果,结果跟妈妈采购年货时看到青岛的抚顺路综合批发市场有好多新疆人在卖新疆特产,应有尽有,还比我们在新疆买的便宜,搞得我心里很不平衡,后来就不带那些东西了,路上特沉,邮寄的运费也高。姐姐说那是心意,就像小时候我们盼望过节一样,现在我们不能陪在爸爸妈妈身边,其实送什么礼物并不重要,重要的是传达我们儿女的心意。在千家万户团圆的日子里,让他们多一份温暖和慰藉,虽然所有的爸爸妈妈都说什么也不要,那只是心疼孩子,不想给儿女添麻烦……

每年中秋节都说要给妈妈寄月饼,有一年我让青岛的闺蜜在我最爱的那家好世界糕点房买了给妈妈送到家里去了,后来都没有买过。

中国传统节日的"传统"是韵味深长的流传。小时候我不喜欢过节,感觉都一个样，比如过年要吃饺子，最吃不下的东西就是包子和饺子了。每次妈妈都说我，吃饺子比吃毒药还痛苦，所以妈妈就给我换成汤圆，这个我顶顶喜欢。所以大年三十，别的小朋友都吃饺子，吃出枣啊、糖啊、花生啊、硬币啊，我就一个人吃汤圆，还是饺子汤里下出来的汤圆，这是妈妈发明的吃法，想尽办法让我跟饺子和传统沾点儿边儿。

妈妈总是如此，让我少像风筝一样飘忽不定，没事紧紧弦儿，收一收线，让我接地气。

喜欢中秋节的月饼，可能是因为我喜欢吃甜食，月饼皮儿薄、馅儿大多实在，而且作为节日糕点不是常常有卖的，所以格外喜欢中秋节。我喜欢吃月饼，也喜欢收集月饼包装盒。以前的包装没有这么复杂，大部分老百姓吃的月饼就是用油纸包着的，我对这种包装情有独钟，现在很少见了，但是想起那个油纸就有甜甜的回忆。大人之间送的作为礼物的月饼包装精美，每次打开来瞅瞅研究一番，我当然很想吃啊，可是很多时候妈妈是不让吃的。因为送来的月饼通常还要继续送出去，所以有好多包装诱人的月饼的"内涵"都错过了鉴定的机会，也不知道那穿着华丽的月饼到底有多好吃，最后流转到谁家的餐桌。

爸爸嘛每次都无法拒绝我，只要我撒会儿娇肯定就让我把那一盒抱到自己房间去了。从小养成的习惯都是吃东西要先给爸爸妈妈尝尝，我把各种口味儿的月饼都打开轮番拿去给爸爸妈妈，爸爸总是象征性地咬一小口，妈妈总要先唠叨我不好好吃饭，就爱吃这些甜东西，然后把爸爸训一顿。我和爸爸交换一下眼神儿赶紧跑回房

间。妈妈总是不吃的，妈妈总是说她不喜欢吃甜的，似乎我喜欢吃的东西她都不喜欢吃，好像我不是亲生的。长大后，我突然明白了那种爱的方式，无论贫穷富有，母爱都是隐忍与牺牲。

我像个守财奴一样过家家，像点名一样把几个月饼每天吃个遍，到最后一起吃完，然后小心折好盒子留起来装一些破铜烂铁的首饰及杂七杂八的东西。我最爱的是铁盒子包装，在小时候铁盒子是高级美味的象征，因为少而贵，更觉珍贵。

中秋节是要去奶奶家团聚的，和过年差不多热闹，奶奶有六儿一女，儿媳女婿孙子孙女们全体到齐，全家23人。中秋节的奶奶家，好吃的特别多，月饼也是特别的多。我排行老二，大姐比较孤僻，所以弟妹们都很听我的话，我就是孩子头儿。最喜欢小叔了，因为小叔最疼我，会给我们买很多很多的饮料，当然少不了我的可乐，小孩子喜欢大人的理由还真是简单。小叔带我们疯得最厉害，我们跟在他屁股后面放各种烟花、鞭炮，我每次都是喊得最积极又绝对爱看热闹，想看哪个就支使弟弟们给我放，我只管在安全距离外兴高采烈地捂鼻子、捂耳朵地叫啊跳啊……大人们忙着做饭，看节目，聊家常总结这一年，感慨下自己老了、孩子大了，还有说不完的吉祥话。

吃月饼时我们几个小辈总是闹哄哄的，这个要吃那个啦，那个要吃这个啦，闹成一团。晚上全家要到平台上赏月，十五的月亮好像是椭圆的，我每次都这么说，我喜欢第二天使劲看，看到脖子酸。十五的月亮十六圆，这是谁发现的？我一直都觉得好神奇，但也好奇怪，为什么不干脆八月

十六过中秋呢，好不容易全国人民举头赏月，可它还没彻底圆起来。

我们家和奶奶家离得近，第二天我还是去奶奶家玩，当然还有其他"节目"，那就是奶奶给我藏起来的酥皮月饼。在所有的月饼里，我最喜欢酥皮月饼，一见到酥皮月饼心都酥了。奶奶每次都把酥皮月饼挑出来给我留着，我一面吃一面陪奶奶打扑克牌，对她背着我把小牌压到屁股下面视而不见，因为妈妈说我是陪奶奶玩儿的，让她赢了高兴呗，能哄奶奶高兴，是很有成就感的。

上周末在小城丰其尔糕点房看到酥皮月饼，顿然觉得好亲切、好温暖，酥皮月饼这么美味，却只是月饼里的小众，种类少，价格也相对便宜，着实不知道是为什么。

想来想去，我买了麦趣尔的月饼寄给爸爸妈妈。虽然盒子比月饼要重好多，虽然妈妈总说她根本不喜欢吃这些东西，虽然这个中秋我仍然不能回家，但愿这浓浓的中国味道、新疆风味儿在中秋的晚上让奶奶、爸爸、妈妈感受到"孙女我""女儿我"就在他们身边……

做一棵樱桃树

今年阿勒泰的春天就是要锻炼大家对气候变化无常的适应能力，穿秋裤脱秋裤的"段子"随着气温的起起落落被大家不断创新，"秋裤君"都变得精神失常了。

还好，六月了，大家终于扛过来了，樱桃也扛过来了，六月是樱桃成熟的季节。

终于吃上了樱桃，上月每公斤价格还在一张"毛爷爷"以上，现在终于降下来了。味道自然比不上老家青岛的崂山樱桃，可是在这个没有樱桃树的地方能吃到从几千里处运输过来的樱桃我已经很知足了。

这一想，我已经好多、好多年没有在樱桃成熟的季节回家了。记忆里，青岛的夏天越来越缥缈遥远，湿漉漉的海风，人头攒动的金黄沙滩和浅海岸，川流不息的街道，夜市的海鲜和烤肉，打开龙头泛着洁白泡沫温柔涌起的"扎啤"，以及一年一度的国际啤酒节……曾经熟悉的这一切仿佛只在前半生，它们是否还属于我？

一个人属于一座城，源于父母在那里生下了你；一个人属于一座城，源于你生活在那里；一个人属于一座城，源于你的爱在那里；一个人属于一座城，也会源于莫名的归属感，哪怕一生只路过一次，哪怕只是梦里的向往从未到达……

英语书上讲外国人见面总是以问候天气开始交谈，新疆人搭讪的话题永远都是从"你是哪里人"开始。因为新疆人都可以叫新疆人，又大都不是新疆人。新疆人大体有两种，一种生在这里活在这里，一种生在口里活在这里。这年头是哪里人又有什么关系呢，老乡只是个名词而已，哪里都有好人坏人，哪里的人都千差万别，你生活在哪里都还是你。

越来越多的人不再甘心像一棵树那样安然静默，一生只扎根一次，为着这样或者那样的理由背起行囊背向叫作家乡的地方——最初所属的那座城，越走越远，不断追寻，即使一路失望失落，备受伤害，饱经孤独，仍不回头；心磨砺得更加坚硬，总相信下一站会更好，转了一圈疲惫一生又羡慕树从不依靠，从不寻找……于是所有路线不同的追寻殊途同归于相同的宿命——叫作叶落归根。

如果有来生就做一棵樱桃树吧，每年拥有一次纯洁粉嫩的花朵，收获一次晶莹彤红的果实，在有限的生命里有静默也有绽放，路过的人赞赏你的枝叶，爱慕你的花朵，喜欢你的果实，路过的人唱着"樱桃好吃树难栽，不下苦功花不开，幸福不会从天降"。

早市的味道

单位楼的后面是家菜市场，每天早晨都一派欣欣向荣的景致。对此方面信息比较"神经大条"的我后来才知道，那是整个阿勒泰小城批发蔬菜瓜果的早市。

每天上班一打开窗就能听到早市上的吆喝声、马达声、牲畜的叫声混杂在一起的交响乐，一开始是有些让人心烦的，毕竟它不是个把小时就停止的，整个上午甚至一天都不怎么消停。最令人不快的是我正聚精会神地工作或思考着呢，突然一声狂野挣扎的哀叫传来，有时候要叫好几次，间或就在窗外那么近的地方，令人不寒而栗，一直没弄清也不敢确定那声音的来源，心总是被这叫声搞得一顿紧张痉挛。有几次我是想探出头去看个究竟的，但那惨叫总让我顿时丧失勇气。

罢了罢了，就这样时间慢慢过去了。

什么事情都会从讶异变成习惯，这份喧闹我也在不情愿中渐渐有些习惯了，当然，并没有习惯于那声惨叫而不再紧张。很多时候生活中不怎么喜欢的人和事都会在时间的流逝中作为合理性的存在不再被排斥，那只是介于排斥和接受中间的一种

状态而已，这不明来源的惨叫声便是如此。

早市还有令人不快的地方就是那股酸臭味，办公室窗户的下面正对着早市的大垃圾箱，什么烂菜叶、烂瓜果都聚集在这儿，被阳光一晒便发出难闻至极的味道。为了通风还是不能整天关门堵窗的，有时还是要忍着这味道开窗。初夏时，一开窗苍蝇就会迫不及待地拥进来聚会，好像它们也忙着赶早市。没安纱窗的那两天，办公室里大概有20多只苍蝇，怎么赶也赶不出去，着实令人苦恼。

说了一大堆，都是些抱怨的话了。其实，对于早市心里是有一种美好的情感的。

在青岛上学的时候，到了周末妈妈会把我从懒觉中拉起来陪她去早市买菜，主要是让我锻炼锻炼身体，别光睡懒觉。好几次我都贪恋地回味着美梦赖着不起来，妈妈没办法就让我过一会儿起来了去找她，帮她提菜，结果我一个翻身又掉进棉花梦乡，一觉又睡到中午去了。那时候，真不知道怎么有那么多瞌睡虫缠身，实在是懒得要命。

早市离小区不远，过一条马路，穿过一个街区就到了，大多时候我还是能克服瞌睡虫的纠缠陪妈妈的。妈妈挑选蔬菜瓜果讨价还价时，我就跟在后面负责东张西望，防止丢了提包啊什么的。早市上一派热闹非凡，每个人看起来都很悠闲，每个人的脸上都洋溢着一种只在早市发生的幸福表情，每个人都没有焦虑和急着要去的地方，就像那些新鲜的水果、绿油油的青菜一样充满生命的活力和满足，就是这种东西让我心里怀着一种感动。

早市上好吃的总是特别多，还有摆地

摊儿卖一些新鲜玩意儿的。每次都要吃张记的麻团，妈妈总是先买两个打发我这个小馋猫儿。我一边吃一边看早市风景一边跟在妈妈身后当小跟班儿，看到卖的小猫、小狗、小鸡、小鸭，两腿就像灌了铅似的走不动了，非要蹲下来逗玩一阵，等妈妈在前面喊我的声音明显有些生气了，再抬头看妈妈已经离得有些远了才恋恋不舍地起身追上去。但是看到卖的活鱼、活鸡什么的，我就像电打了一样"嗖"的一下绕着蹿出去。卖生肉的那些摊位，我也是不敢逗留的，心里有一种天生的抗拒，但我喜欢看活海鲜，最喜欢看螃蟹和蛤蜊：螃蟹的爪子抓来抓去，还有蛤蜊在水里"呼哈呼哈"的。

等妈妈买好，大包小包都快撑爆，我也将风景看饱，好吃的吃得差不多了。逛早市会让人有个好心情，迎来一个生机勃勃的早晨，是一天美好的开始。

那天我偶尔兴之所至提前上班去逛了一下单位楼下的早市，虽然规模不大但也有自己的风景。其实在窗户上俯瞰的面貌和切身的体会还是很不同的。正好是玉米上市的季节，我买了些玉米回家煮了吃，是香香甜甜的水果玉米。

赶早市的大都是商贩和主妇们，老年人特别多，他们才是享受生活的人吧。年轻而忙碌的我们已经习惯了超市的便捷，恐怕是没办法也享受不起如此的悠闲的。

早市的风景是如此地富有生命力，让人忍不住回头张望那一片悠然自得的热闹与自在，那是浓浓的生活的味道。

朝着太阳绽放吧

秋，就在大家还忙着抱怨这个夏天竟然有四十摄氏度这么高的气温的间歇，悄悄地来了。

仿佛一夜之间，田地里金黄色的麦子就集体私奔，只剩下秸秆和碎段，说好要拍麦浪的，但没来得及。在阿勒泰一切的美好总是倏忽而过，尤其是在夏天许下的心愿。

来往的拖拉机拉着堆得四四方方、整整齐齐、满满当当的草垛，悠闲的牛终于舍得抬起头，一节一节地抬起来，绝对慢动作，望一眼自己整个冬天的伙食，然后继续低头吃草，一节一节地低下去，当然还是新鲜的草更美味啊。

向日葵还在努力地伸展，它们品种不同，长相不一，有的已经果实饱满成熟，有的好像刚刚睡醒才伸出花瓣。

在遥远的年代，它们从南美洲传向欧洲又来到中国，从观赏的花朵到发现它的种子——葵花籽是多么美味的食物啊，还可以压榨出金黄的葵花油用来烹饪，油渣还可以用来当作饲料，妥妥的全身都是宝。

向日葵，在有的地方被叫作朝阳花，在很多国家的翻译里也都是这样的寓意，它的名字看起来就和它的生长习性一样，向着太阳绽放，它的脸就有了太阳的样子。

即便遇到再多荆棘、坎坷、失望，哪怕善良受到伤害，真诚遭遇背叛，爱情后会无期，也要像向日葵一样迎着太阳微笑，朝着太阳绽放。

心有向日葵，太阳的光环就永不消失。

克兰河的歌声

克兰河，穿过丛林，流经草原，漫步于街道和乡村，如同血管一样嵌在阿勒泰小城的腹地。克兰河本是安静无声的，亦如这静谧的小城,河水"哗哗"的声音本不是克兰河的音色,其实那都是石头的杰作。

是的,河水流经的地方从来都不是没有形状的泥土,而是形态各异的石头铺就的河床。那些石头的棱角是音阶,河水的流速是节奏也是力度,它们共同捻就了克兰河的音色。因为太过于自然一体了,以至于太多熟悉的人都以为那是河水自己的独唱。

克兰河也有仿似人生的跌宕起伏。春天是它一年的光景中冗杂了浮躁和释放的季节,冰封的心、沉淀的情感,在地表温度缓缓回升中渐渐松散,那些坚硬的壳发出细碎的声音,解裂着从河面到河底的冰冻。你可以轻易地看出它的蓄势待发,它要突破的不仅仅是季节的封存,更是自我的穿越。终于当山顶上那一角冰冻坍塌融化时,整个克兰河都得令般地一起涌动,乍暖还寒的春天,整个小城的血脉结束了静默,轰轰烈烈地奔涌起来。克兰河的春之歌就像交响乐,不仅有那些总也冲不走的

大石块做基调,更有随着河水滚滚向前的泥土、沙石、树的枝干协奏。你望一眼彩虹桥下的克兰河,浓得无从分辨的黄,就像黄河水激荡奔涌,河面的漩涡格外扎眼,那也是高声部的发源处,不禁千思万绪涌上心头。月有阴晴圆缺,自然有四季流转,人生又何尝不是呢,克兰河的春天来了,你也要结束蛰伏的冬眠,开始为新的一年筹谋了。

活着,总会迎来新的开始,无论如何都是好的。

夏秋的克兰河水最是自在惬意,清澈的色泽,映泛着金色、银色的光,小东沟里河床的石头最是个性多姿,或匍匐,或突兀,或延展,或拥簇,它们是不规则的音阶,让克兰河水在尽情奔涌间拍击出带着混响效果的歌声。那歌声刚一凝结就从河面升腾起来随着空气传播,便被宛如绿洞般的河两旁的桦树枝叶们牵引释放,加之山谷的凹形地势,更有了回荡之声。乍一听那声音颇有些惊天动地,但细细品来,又听出了这磅礴气势之下旋律的婉约和柔曼。是

（崔明浩　摄）

的,克兰河的夏秋之歌就是如此丰富多情,假如你抛开一切躺在小东沟的草地上,或者在被阳光晒得无比温暖的大平石头上,聆听这歌声,说不定还会听出克兰河曾经有过的关于爱情的故事,听着听着便被扯进了谁的梦乡里去了。蓝天白云为盖,绿草泥土为席,牛马从容地经过也不会将你吵醒,花的淡雅香气、湿润的草气、牛粪的味道混在富氧的空气中争先恐后地冲进鼻孔,你睡得深沉到一塌糊涂,醒来顿觉心神荡漾,宛若新生。

当第一片雪花飘落,人们就开始为常常延续半年之久的冬季做打算了。克兰河也渐渐收拢起自己的情感,随着雪的增加,气温的降低,河水的流动越发缓慢了,一不留神,河面已经结了一层薄薄的冰,而下面的河水还在挣扎着流去。克兰河的冬之歌无限温柔,在冰天雪地里闭合了所有的情思,只把岁月轻轻吟唱。你以为克兰河的冬天是寂寞的,却怎知每一片雪花与水滴都有说不完的悄悄话,它们便是在这个季节以这样的方式来赴一年一次的约会……

克兰河的歌声四季流转,伴随小城的人们年年岁岁,流水带走了多少人的烦忧,就寄托了多少人的相思。总有人羡慕你自由自在地流,假若能变作你,我也要那样随你流去,一路奔放,一路歌唱。

骆驼峰岩画里的畅想

在骆驼峰上俯瞰边城阿勒泰市,发现楼房后面的山坡上还有好多的人家,我却从来没有走到过那里。

骆驼峰的沿途有很多岩画,有一组岩画我看了忍不住想唱《吉祥三宝》。

还有一组让我想起从小最爱的一只碗,那只碗特别幸运,竟然从儿时保留到现在。之所以特别喜欢,是因为上面画了一圈儿跳舞的维吾尔族少女。原来在很小很小的时候我就喜欢新疆了。

有一次我认真地看了山下关于骆驼峰的介绍,最心仪的就是那远古时期留下的岩画。关于岩画总有着无尽的遐想,其实今天我们在某块石头上带着某种心情和时代的气息刻下的文字、符号、图画,在很久以后也许会被称为"古人的岩画",也未可知。

总是奇怪牛、羊、骆驼为啥总低着头行走,它们都不仰头望天。当我知道马儿睡觉也站着的时候,我真的不敢相信,觉得它们这一生都好辛苦。善良淳朴的哈萨克族牧民,他们赶着骆驼背着家当行走在草地山间,成群的牛羊,象征着美好的生活,所以牧民们把他们生活中重要的伙伴,生活的来源画在走过的路上,刻了在石头上。这是一种真情流露,也许还有对生活美好的祈愿吧。

他们是怎么在坚硬的石头上留下了这些简单的图画的呢?艺术真的是来源于生活,没有色彩没有技巧,可是这简单的图画让我们似乎看到了那时的风景,甚至是骆驼的表情。

它们总是沿着同样的方向行走。所谓路,世上本没有路,走的人多了,也便成了路,而有多少路是它们为我们走出来的呢?

塘巴塔斯

阿勒泰也有夏威夷了,这对山城百姓

来说真是一件乐事——毕竟夏威夷很远，而塘巴湖很近！

"塘巴湖"的名字乍听起来有点儿稀奇古怪，我一直没探究是何意，只觉得稀奇中也不乏别致，古怪中透着神秘。偶然得知"塘巴"是哈萨克语，汉语意为"印章"。据说，以前湖中有块巨石酷似一枚印章，哈萨克族人叫它"塘巴塔斯"，来往放牧的牧民常在石上刻画、留字，久而久之大家都管那石头叫"塘巴塔斯"，即印章石，塘巴湖便因此石而得名。印章与湖水，这两样八竿子打不着的东西便连在了一起，蛮有意思！

塘巴湖最热闹的季节当然是夏季，七八月份，在这个离海最远的山城，有一片海一样的湖水和沙滩，怎能不令人心动！对塘巴湖的建设日益完善，显而易见，最初的几年一定是投资大过回报并且难以盈利的，人流量少、投资项目多、季节性强是需要投资商有相当的魄力和毅力的。这和建设滑雪场的状况差不多，都是经营三四个月闲上大半年。不同的是，滑雪场的热闹在冬季，塘巴湖的绽放在夏季而已！

湖边有情侣的浪漫，有一家三口的快乐，有朋友聚会的热闹，有学生结伴度假的清新，还有祖孙三代举家出游的温馨……岸上有人搭了帐篷乘凉，有人吃烧烤、喝啤酒，有人围坐弹唱……虽然比不上海水浴场，虽然跟夏威夷完全不可相提并论，可这是在阿勒泰啊，这片湖水多么宝贵——有很多人一辈子都没见过大海，大海离这里太遥远了，遥远得就像儿时的梦！虽然，在很久很久以前，据说整个新疆都是海洋。

塘巴湖的水即使在炎热的夏季也是冰凉的——想想，高山上的白雪一点点融化，长途跋涉流经此地，所以，下水前一定要鼓足勇气！傍晚，湖水略显温热，可多么热情的太阳也照不透这面湖！将手伸进湖水，你会感到上半层暖、下半层凉，不过只要鼓足勇气一头扎下水，身体很快就能和湖水达成共识。

阿勒泰人管游泳都叫洗澡。周末了，朋友打电话说："走，到塘巴湖洗澡去！"乍一听没什么，可后来想想，游泳和洗澡不是一回事儿嘛！但有的人的确像在洗澡，不会游泳，就泡在湖里玩儿，突然那边又喊又叫的，闻声望去——哎哟！一群人把某人抬起来扔下水，一会儿另一个倒霉蛋也跟着遭殃了！

这一幕就像结婚典礼上，大家明明都是新人的朋友，却跟新郎新娘有仇似的一个劲儿拿糖块、瓜子扔啊，甚至还有拿棍子打、拿皮带抽的。这种快乐恐怕是外地人所不能体会的。好吧，不会游泳就罢了，连泳衣也没穿，这群穿着花裙子、牛仔裤的男男女女嬉笑着打水仗，玩完了统统躺在岸上晒太阳。

当然，也有人真的是在游泳，仰泳的、蝶泳的、蛙泳的、自由泳的，泳姿好优美啊！他们不动声色地就从这头游到那头再折回来。真奇怪！都是人，怎么人家不紧不慢地就能在水里游来游去，在这个没有海的地方怎么练就了这么标准的泳姿呢？还有狗刨的，姿势不怎么好看不说，一下水就激起千层浪，弄得身边人满脸是水，扑腾半天才游出去一米。他们是负责搞笑的，但好歹人家也是在游泳！

夕阳西下，湖光闪耀，像金色的梦……遥想四十年前的塘巴湖还是一片洼地，长着茂密的蒿草,只有大雨过后地上才有一摊积水,后来才慢慢形成天然湖泊,有了鱼,有了生命的迹象。后来修建了水库,湖面扩大了四五倍。再后来就是现在,它成了阿勒泰的"海"。但愿我们在塘巴湖盖的"章"、留下的记忆,会汇入真正的大海,成为永恒!

草花的命运

在出阿勒泰的山口,现在的金都大酒店旁,有个安静的花园,一到盛夏,盛开着一大片草花。因为在市郊,休憩的人不多,即便百花争艳,也静谧悠然。

越是让人睁不开眼的艳阳高照,它们越欢喜,像在烈日下欢聚的盛会,个个在微风中摇摆起来,舞姿翩翩,闪耀着明亮的光。

我把手臂抬到头顶,把手背放在额前遮挡太阳,疾步穿过花园的幽径,直奔中间的凉亭,一踏上凉亭的阶梯立马凉爽下来,像撑起了一把大伞得到了最贴心的庇护。

我坐在石凳上观赏这一场盛会。

我所知道的花名甚少,名字不过是代号,可我仍对那些一看到花花草草、各种植物都叫得出学名的人表示由衷的钦佩,和对写字漂亮的人那种钦佩程度相当。

记住花朵的方式是颜色和姿态。一直以为那群草花里开着紫色长穗状花朵的是薰衣草,可它只有薰衣草迷人的紫色,没有薰衣草的灵魂——那股香气,这并不妨碍它的骄傲。在没有薰衣草的阿勒泰,我对它格外倾心,万花丛中总觉得它的颜色和姿态最夺目,它是这场盛会的领舞。

草花开得绚烂尽兴,败得也同样倏然干脆。一阵秋风就让它们花容失色,再一阵秋风满地干枯的花瓣就会零落成泥。这时再看这花园,原来是一片草原啊,随风摇曳的是半身高的草,那么细的腰身,枯黄还夹杂着点点绿。当雪花飘下就再也看不出是花园了,只有凉亭还存在,像个坐标。还好这些草花虽然脆弱也只是随季节休养生息,来年春天它们仍在那里,经冬复历春,一年更比一年繁荣。

马路两旁的花坛每年都会种满草花,各个单位门口的阶梯上也会摆满盛开草花的花盆,还有广场上也用这各色的盆栽草花造型。它们开得那样绚烂,到秋风吹散树叶的时节,如约悄悄凋落。来年呢?我以为它们至少会不小心还发出芽吐露新绿开出花朵,可它们一次也没留下过痕迹,它们只有一个夏季的生命,然后消失得无影无踪,就像从未来过。

它们的根呢?种子呢?它们的爱恨情仇难道只需要一个季节就消逝?我会莫名其妙地想到"草菅人命"这个词儿,可那个典故里的草也许和这草花的命是相同的吧,卑微,卑微到没有人在乎它们的去向。

若是它们再坚强一些,是否也会和花园里的那些草花一样,把根留住?即便一岁一枯荣,至少冬眠以后不是长眠,在万物复苏的时候醒来,记忆还在,梦还在。

在五百里等你

一座城的记忆是,一个家,一段情,总有一场梦,流淌着一条河,还有一条寄托乡愁的小路,飘散着咖啡香。

刚来阿勒泰时,沿着克兰河畔散步,遇

到一家修车厂,门前是偌大的空地,我就在心里想啊,河边应该有家书吧咖啡馆,将这家厂房改造一下正合适,位置嘛,也是刚好的浪漫、刚好的低调。

我兴冲冲地给阿哈讲,我要改造成落地窗,装修成纯实木的禾木小屋风格,把它做成本地人的心灵休憩站和外地游客的旅游打卡地……我激情澎湃得一发不可收拾,内心火热的浪潮翻滚,突然听到一阵呼噜声。哎,对牛弹琴,真是!

这个梦想就这么夭折了!

时隔多年,五百里咖啡厅开业了。惊讶于这座空降阿勒泰的咖啡厅,无论设计还是品位,都不输给大城市,令人惊艳,宛若遇到梦中情人。我消遣了半个下午的时光,一本书翻了一半,其间还有个女子弹奏了几曲钢琴曲,连曲子都是恰到好处。让人不得不爱的好地方,况且这也是阿勒泰第一家正儿八经的咖啡厅。

我在门口来回溜达,突然像被电击了一样,穿越回去,这是什么地方?这不是我曾经看好的修车厂改造的吗?!竟然有人把我的梦想给实现了,也没和我商量。

五百里奔腾的克兰河,为一座咖啡馆停留,留下这一公里的精彩。那首《离家五百里》在耳边回荡,浓浓的乡愁涌上心头。假期,五百里咖啡厅为远行的学子免费提供一杯咖啡。当他们千里归来,吧台的那杯咖啡依旧温暖,沙发的纹路悄悄爬上额头,成了皱纹,这是多么温暖的"小确幸"。

哪怕满身风雪,并未衣锦还乡,故乡是童年的不离不弃,永远阳光灿烂,从不问我相聚和别离。

沿着五百里咖啡厅,一条独具地方特色的"五百里风情街"已经初具规模。每个城市都该有这样一条浓缩文化的街道,如此想来,这家修车厂改造的梦想被人先行一步也心甘情愿。

一座城的记忆是,有人从远方而来,有人向远方而去,有人停停走走,有人来来回回。◆

群山叠嶂　　　　　　　　　　　　　　　　(晏先　摄)

◇
海拉提别克·
拜依扎合帕尔

骑着枣红马的姑娘

作者简介：

海拉提别克·拜依扎合帕尔，哈萨克族，诗人、作家、翻译家，新疆阿勒泰人。著有哈萨克文诗集《细雨情》《用春天的眼神看我》。译作有《甲午殇思》《吕梁英雄传》《中国2014年中篇小说》《枯枝败叶》《蓝狐》等。中篇小说《女野人》《老羊的末日》，散文《吃狗奶的部落》《虱子的故事》《祖传的香火不能断》《遥远的森林学校》及短篇小说《草原上的童年》《外孙女的一天》等作品分别刊登在《海外文摘》《散文选刊·下半月》《莽原》《西部》《锦城》《湛江日报》等报刊上。

1

棕红色的羊群紧跟着带头的几只长角灰山羊，像一把巨型的扫帚一般缓缓扫着，翻越过丘陵地带的一座座棕山包，边吃着草，边缓缓移动到平坦的草地。羊群到达平坦的草地以后，她才磨蹭着牵来枣红马，上好鞍，拉紧肚带骑上，沿着沟里被群羊踩踏形成的一条条小路走着。走着走着，就要走出沟口时，枣红马突然被什么东西惊吓，先昂起头喷着鼻息，后向左闪身跳了一下。她差点儿在马背上被甩下来，赶紧一手收拢缰绳，一手拽住马鬃，好不容易才在鞍上稳住身子。

原来是一只火红的狐狸在作祟，它从右边的一片刺槐树丛里冒出来，正要横过她前方的路段。看上去狐狸根本不在乎骑着马的她，不慌不忙地边歪着头瞟着她，边用长尾巴扫着地面小跑过来。这可不行，据说狐狸在行人前面横过马路，对行人是不吉利的，尤其是从右向左，如那样，行人将会遇到不测之祸。再说了，平时狐狸一看到骑马的人，就会立即闪身逃开或躲避起来,但这只狐狸的胆子有多大:在大早上,大摇大摆地晃在她的眼前,还要故意从右往左横过小路。

她觉得狐狸在蔑视自己,瞬间就心血来潮,狠了心要追杀这只傲慢的小滑头,而按风俗,她这样做才能辟邪。她立刻举起马鞭,用脚跟使劲儿磕了一下马的肚腹,毫不犹豫地去追狐狸。狐狸本以为骑马的是女性,不会追杀自己,所以故意从刺槐树下冒出来横过马路,可出乎它的意料,这女人快马加鞭地追了上来。惊慌失措的狐狸一时半会儿来不及选择逃跑的方向,就往丘陵和黑山中间的平坦的草地跑去。这样一来,它必死无疑,因为那片草地上虽草丛繁茂,可它在草地上不可能躲过骑马人的视线,也不一定跑过长腿的马。

枣红马越跑越快,就在草地的边上追上了狐狸。她在马背上挥着鞭子,尽量把狐狸往草地中间赶追。她的鞭子好几次打到狐狸身上,可没有打伤它。狐狸不断地急转弯,猛冲的枣红马哪能立刻停下,虽然她使劲收拉缰绳,可枣红马直冲到一二十米才减速转身。狐狸就利用这一瞬间,向丘陵地带逃跑,因为那里长着一片片刺槐树和绣钱菊,还有多得是的深坑浅洼,它会轻而易举地找个隐身处,能够逃脱死亡的魔爪。

追着追着,她就猜测到狐狸的意图,立刻加了两鞭,很快绕到狐狸前面,硬逼着它掉头,又把它赶到平坦的草地上。她边追边在心里思考着用什么打死狐狸,因为女人的手轻,用马鞭不可能打伤它。狐狸还是用急转的方式迷惑枣红马,可追的时间长了,枣红马也摸透了狐狸的心思,就紧随

着它急转,狐狸好几次翻了跟头,而她在心里也想出了一个办法:用马蹄踩死狐狸。

逃着逃着,狐狸筋疲力尽,急转弯多了,跑得少了。她也看透了狐狸的想法,就松弛缰绳让枣红马自由减速旋转。狐狸以为枣红马跑不动了,就拉开距离还是向丘陵地带跑。她松弛着手里的缰绳又加了一鞭,枣红马纵身一跳又追上狐狸。她边观察狐狸急转的节奏边把缰绳顺应着枣红马的意图。就这样,狐狸又一次急转弯的时候,枣红马踩着狐狸跑了过去,狐狸尖叫了一声。她掉过马头一瞧,狐狸在那里屈弯着四腿仰躺着,边流着一串串眼泪,边发出女人哭丧般的嘶叫声音。

她收拢缰绳瞧了一会儿狐狸惨痛的模样,突然觉得自己太残忍了,无缘无故地差点儿踩死一个小生命。她想,不管它什么碰上狐狸将要遭遇不测之祸的鬼风俗,我今天非要放走它,看看将会遇到怎样的横祸。

她眨眨眼走开了,再也看不下去狐狸那可怜无比的样子。可就在这时,有个骑着大灰马的年轻男子跑了过来,他手上还持着连着皮带解下来的鞍镫,看来他是有备而来的。那年轻男子边跑过她身边,边大声喊:"千万不能上狐狸的当,快看,它又向丘陵逃去。"她在马背上转过头望望后面,就看到狐狸安然无恙地朝着丘陵地带跑去。

那男子挥舞着连着皮带的鞍镫追上狐狸,狐狸还是用急转弯的方式想躲过头上挥旋的鞍镫,可它又一次准备急转的时候,被鞍镫准确地打在后脑勺上。狐狸向前跌了一跟头,身子压过头部倒下。男子在马鞍上俯下身,伸手捡起狐狸的脖颈举到眼

前看了看,然后驱马跑到她身旁说:"我在那边早就看到你在追狐狸,你的羊群和我的羊群差点混合了,所以我把两个羊群分赶到两边,才跑过来帮你杀死这个小滑头。"他边说着话,边把死狐狸递给她,又说:"拿上吧,功劳是你的,我知道你不忍心杀它,这狡猾的家伙是公的,个头又大,毛色火红,是做特马克(皮帽)的好料。"她没伸手拿死狐,漫不经心地瞟瞟年轻男子说:"谢谢你的好意,我不想看它,刚才枣红马差点踩死它,它那垂死前的可怜相还在我眼前晃着,你看着办吧。"

男子边下马边说:"啊,你被惊心了,没事的,只不过是一只狐狸嘛。不过,你能不能到那边看管一会儿两个羊群,我把狐狸皮剥了?"她点了一下头离开了。那年轻男子目送了一阵在被小风吹得波浪般起伏的草丛上渐渐远去的她。

男子随后开始动手脱身上的羊皮短衣,接着又脱下单衣放到草地上展开,伸手捡起狐狸皮放到单衣上裹起,然后走到大灰马的左侧,把单衣包起来的狐狸皮放在鞍后,用穿在鞍上的牛皮细绳绑上。

陌生男子骑上大灰马跑到两个羊群之间正在驱马走动的她的面前说:"你再也看不到那只狐狸了,再不提它了,免得你伤心。啊,差点忘了自我介绍,我是萨帕克村的,今秋给别人代牧,所以暂住在他们的秋季放牧点。"她用试探的眼神瞧瞧他说:"原来是给人家放羊的,怪不得我与你从未见过面,原以为那群羊是你的。"两人都没下马,就在马背上搭讪起来。过了一会儿,他时不时好奇地瞧瞧枣红马说:"看起来你的这匹马不错,平腹高头、鼻孔又大……"她毫不客气地打断他的话问:"你是相马的?"

其实她在心里想:"这个傻瓜,见到陌生的女性怎么一开口就扯起牲口,肯定是个马匹精。"他说:"喜欢而已,谈不上相马。"他边说着话,边围着她转了几圈,咂着嘴又说:"你的这匹是好马,毛色与绣钱菊的颜色一模一样,那黑眼睛水汪汪的,又弓腰宽臀、尖耳长鬃,是一匹好马呀!"

两人并排着驱马走向她的羊群的北面,他用脚跟磕着灰马的肚腹超过她,转过头来又盯着枣红马说:"你的马真不错,青灰碗蹄,鸭脖瘦头,丝鬃长尾,走起来四腿的节奏均匀,就像小风那样轻飘飘……"她没回应,驱马走过自己的羊群停下并松开缰绳,枣红马立即伸垂脖子吃起地面的草头。她瞟了一眼他,心里想:"这个给人家代牧的家伙,怎么像口里叼着骨头的狗似的,老是说马匹的话不放呢?"

她刚才追杀狐狸的时候,两个羊群的确差点混到一起了,一旦这样羊儿就不好分开。这会儿,她的羊群转过头,面向丘陵地往回家的方向缓缓移动。其实羊儿心里清楚回家的时间,因为这时太阳越过头顶,明示时间已到下午。可他的羊群还在边吃草,边向东移动,这就说明他的羊儿的肚子还没有半饱。

她的羊群一旦面向回家的方向,人就不用跟着,因为羊儿边慢慢吃着草,边走走停停,黄昏时分准会到家。所以这段时间里,她就无事可做,远远地看着羊群就行。但羊群一走进丘陵地,她就必须赶上去,因为那里的狼会藏身隐处,观察跟着羊群人的一举一动,一旦有了机会就伏击羊。他的羊群也没有走远,所以两人漫无目的地又驱马走到一起,边走边聊着天。一般放羊的人在野外碰到一起,就这样聊着天消遣时间。两人走了两袋烟的工夫,都勒住缰绳同时下马,她手持缰绳站着,他在草地上顶着肘、手掌托着下巴颏侧身躺下,斜着眼又瞟着枣红马。她好奇地望着他一会儿,然后开起玩笑说:"看上我的马了?你刚才说,枣红马的眼睛水汪汪的,再说说我的眼睛像啥?"

他头一次直盯着女性的双眼,两人的视线撞到一块儿。他立马低着头不作声。她无意识地追着问:"看清了吧,像啥?"他侧面歪着头说:"像骆驼娃的眼睛,也是水汪汪的,又大又黑,好看。"她说:"准,你怎么没脸见人似的低着头?再看看我的脸色像啥?"他犹豫了片刻,才抬起头望望她的面孔,吞吞吐吐地说:"樱唇、鲜红,你的脸皮嘛,薄、红润,有点像枣红马的毛色,也好看。"她细声笑了笑说:"你怎么又提到牲口的毛色,看来,你是个爱马如命的人,是个马匹精,不过嘛,还能说会道,说得一个准接一个准。我们虽生活在一个山沟里,但我咋从未与你谋过面呢?也不知你是豺狼还是狐狸,所以嘛,算了……再说说你媳妇的眼睛像不像我这头牲口的眼睛?"他又垂下头,盯着地面上的野草说:"我……我还没有相好呢。"她有些尴尬,觉得自己好像在试探他成家没有,就低着头沉默片刻,然后才撇了撇嘴唇说:"怪不得,你一开口就扯起马匹的废话。"

两人就这样闲扯了很长时间,她的羊群接近丘陵地,两人都骑上马。他说了一声明儿见,就向东边远去的羊群跑起来,她目送他一阵,才转过马头往自己的羊群慢

慢走去,在心里想:"这个傻瓜,看起来老实巴交,好像平生从未与女性打过交道。虽头一次见面,我怎么觉得一见如故似的开起玩笑,这家伙,将来肯定是怕老婆的货色。"

2

他与她相识的第二天,下了一场小雪并刮起风,因而两人的羊群都没有赶到平坦的草地上,只能待在山沟和丘陵地带避着风吃草。第三天早上,阴云密布天空,难测是刮风还是下雪,所以两人又不敢到平坦的草地放牧。到了第四天早上,虽刮着小风,但天晴了,瓦蓝的天上游荡着一朵朵白云。那天,他下意识地把羊群放到平坦的草地上,可她呢?早晨她虽然有些犹豫,但最后还是有意识地把羊群也赶到平坦的草地上。

两人又见面了,一见面就和那天一样边放着羊群,边闲聊。他动不动就夸起她的枣红马。而她呢?时不时把话题硬拽到有关他本人情况上。最后,她好不容易摸清了他的家境:他是个孤儿,从小就在姐夫家长大,经济条件也不咋样。他解释说:"我家原在农业村,上初一的那年冬天,父母因煤气中毒而死。那时正是寒假期间,我在姐夫家帮着放牧,所以避开了死神的圈套。后来就没有继续上学,因为姐姐一直病魔缠身,动不动就开膛做手术。就一个肝包虫开刀三次,后来又遭遇肠梗阻的折磨,差一点儿丢了命……现在我放的这群羊的大部分是人家的,是我们承包代牧的。"她问:"那你家原先种的地呢?"他回答说:"一直在荒着,那几间土坯房也是。"她

又问："那你以后怎么办？继续在牧区的姐姐家待着？"他说："不，最近这些年，我姐的身体慢慢康复，家里条件也有些改善，到了明年一开春，我就回自己的房子，把那块撂荒的地重新种上。看看情况吧，实在不行干些别的。我看最近几年好多人开起了馆子、商店，有的人还捣鼓什么小型企业，我可不能吊死在一棵树上啊。"她皱着眉头瞅了他一眼，红润的脸颊上瞬间阴云密布，摸摸枣红马的鬃毛沉默起来。

从此，当然是在天晴的日子里，他俩几乎日日见面。这段时间，她觉得他有些沉默寡言，还一脸阴郁，动不动就低着头叹气。她想：他可能又遇上不愉快的事了。有一次，她问他到底发生了什么事，可他立马装出开心的表情说："没什么，这段日子里，老是梦见父母，他们可能在那边想念我，也可能把我叫过去。"她安慰他说："你咋这么想呢？老人家在保佑你啊。"

有一天，也就是在各回各家的下午时间，她像开玩笑似的问他："你喜欢枣红马呢，还是喜欢它的主人？"他突然抓住她的手，颤着声音结结巴巴地说："那是肯定的……是，喜…… 喜欢你，见到你的那天起，我的灵魂完全被颠倒，整天整夜睡也不是，不睡也不是。"

一股热气电打似的通过手背破击她的全身。她很惊讶，在马背上惊恐地望了他一眼，然后缩回手走开了。他紧跟着追上去，又说："我再也活不下去了，对我来说，看不到你的日子就是黑暗地狱，我把双脚穿过鞍镫，让灰马拖死算了。"她勒住缰绳停下，转过身说："说些吉利点的话你的牙齿会掉下来吗？我不会让你那样，那样我

也受不了。"

两人缠到一块儿，然后四脚缩离鞍镫滚下马背。

3

在这片秋季牧场上，人畜只能住上一个月左右的时间，然后又转到冬牧场。不知不觉地进入冬牧场的时间到了，两人商量了很久，决定私奔，时间定在元月初，以元月初的第一场雪作为信号。因为他俩的冬牧场不在同一个地方，一个在高山区，一个在中山一带，相距二十多公里。从这里一搬家，两人就再也无法见面。还有个原因是，她的两个哥哥家与她在同一个时间进入冬窝子，因他俩是从大家庭分出去成立的小家，所以没有国家分给的冬牧场。一进入冬窝子，她就不用放牧，由两个哥哥把三家的羊群合起来轮流着看管。

暂时离别的那天，他们从草丛上铺着的鞍垫起身。他把她紧紧地抱在怀里，直盯着她的眼睛说："你的两根长辫沉甸甸的，与那枣红马的鬃毛一样煤黑、油亮油亮。"她也缠着他说："你把口气又哈到牲口身上了，说点儿正事吧，我那两个哥哥都是高血压，父亲早就过世，如我跟你跑了，他们会……"他忙问："危险吗？只不过是血压高嘛，不会出事的。"她说："你咋没头没脑似的，我指的是，我那两个哥哥的性格都很固执，又暴躁无常，如果我跟你跑了，他们什么事都干得出来。"他有些心惊，立马松开她说："那怎么办？要不我姐夫先到你家说明情况后定亲，我明媒正娶你。"她使劲儿推开他说："想得美，我那两个哥哥又

好强又爱面子,绝不会把我嫁给一个穷光蛋,你家无法满足我家所要的聘礼。"他傻呆了,张开嘴仰起脖子,用惊恐的眼神瞧着她。

就在这节骨眼儿,枣红马突然嘶叫一声,弹起后腿对准灰马的肚腹侧面踢了过去,灰马难受地"哼"了一声,把双耳往后紧贴头上,立刻伸起脖子反咬了枣红马的鬃毛底部一口。两人同时转过头,齐声喊了两下,打架的两匹马分开了。他和她又回到刚才的话题上,她补充说:"你没有去过我家的冬窝子,要记住,下雪的那天,你带上去过我家冬窝子的朋友。那冬窝子的上面有个悬崖,离家不远,也就是三四百米的地方,你们就在那个悬崖上头等我。这具体时间嘛,就定在傍晚吧,傍晚牧羊人把畜群关进圈里嘛,我就趁着夜色溜走。因为在这段时间,我妈会认为我在帮着哥哥们关着畜群呢,一时半会儿不会发现我不在了。"他问:"如果你傍晚出不来呢?"她思索片刻说:"那就半夜吧,到了半夜,家里人进入梦乡深睡,我就悄无声息地走出来,到那悬崖上头与你们会合。如果我半夜也出不来,那定在黎明前吧。这三个时间段,你们藏身在悬崖上头的磐石里,模仿狼的嚎声叫一叫,一听到狼的嚎声,我们三家的狗都会狂吠起来,一听到狗的狂吠声,我就知道你们已到约定的地方……"

他不停地眨巴着眼睛站着,她边说着话,边把右手插进衣袋里犹豫了一会儿,然后才掏出巴掌大的、绿色的条绒烟袋。那烟袋正面的上头用红线绣着心形小画,下头是射出一线线红光的太阳模型。她把烟袋双手递给他,继续说:"我都不在意你怕

啥,听天由命吧胆小鬼,把这烟袋送给你,每次抽莫合烟的时候,你会想起我的。如果你们在约定的时间到不了那个悬崖上头,那你别想娶我。"

4

从腊月初一起,山沟上空没有出现过一朵云彩。每一天早晨,变形的、松垮垮的太阳压着东面的山顶露出火红的面孔,先盯着西边山底坐落着的几间土坯房,然后才渐渐恢复圆形,边缓缓上升,边照射耀眼的光芒悬挂在空中。他常常把右手抵到眉头前仰望上空,并自言自语:"今冬咋不像个冬天呀,怎么还不下雪呢?难道上天故意阻碍我们的婚事。"他姐夫安慰说:"干着急是没用的,冬天嘛,就像怀孕的婆娘一样,早晚会下雪的。再说了,该你的,再久也跑不掉;不该你的,到了唇边也会滑掉。"

他姐比他还着急,边想给弟娶个媳妇复燃娘家已灭的香火,边担心将要做弟媳的人的那两个哥哥。因为她和丈夫在这段时间里通过多种渠道,像间谍一般打听到他们的情况,有些紧慌,所以一家人做了些详细的打算:首先,把老村长偷偷地请到家里来说明情况,同时让村长带上牧区的几位长者,待将姑娘带到家里的那天,出面劝解女方,防止出现意想不到的事情;其次,着手准备聘礼。虽然这两项计划早已安排妥当,可就是不下雪。

终于,也就是腊月初七的下午,一团团铅色的厚云从四面八方游荡过来,而后汇集在山沟上空连成一片,预示着下雪的迹象。快到黄昏时分,鹅毛大的雪片飘飘而

下，不到一袋烟的工夫，把整个山沟染成乳白色。他喜出望外，搓搓手掌仰望着上空一动不动，雪花轻飘飘地落到他的脸上，很快就糊住了睫毛。这时，他姐从土坯房里走出来说："爸妈的在天之灵啊，保佑我们吧，保佑我的弟弟心想事成。"其实，与他以下雪为信号的不仅是她一人，还有和他从小一起长大的朋友阿山。当时在牧区，因种种缘故，要与相好的姑娘私奔，至少有一个朋友帮忙才是。阿山家就在下头的另一个山沟里，一看到下起了雪，他就骑上马往这边赶来。

他快步牵来自己的大灰马和姐夫的白马，那白马是给她准备的，因为她虽愿意私奔，但不能骑上自家的枣红马逃跑，如果那样，是不合情理的，也触犯习俗。他忙手忙脚地上好马鞍进房，边喝着奶茶边等待阿山的到来。过了不久，他家和邻居家的两只狗齐声汪汪叫，他放下茶碗跑出门，就看到一个黑影在雪白的地上向这边快速移动。他大声喊了几下自家的狗名，冲去的两只狗一只冲上去，一只停下转回来闻闻他的裤腿。他想："阿山来了，不愧是好朋友，事情的开头就和我想象的那样顺利，但愿后面的事也一帆风顺。"

阿山没下马问他："是不是现在就出发？还是等上一会儿？"他说："下马吧，事先要算计算计为好。"阿山下了马，把缰绳拴在露天羊圈栅栏门的柱子上。

他们在房里与他的姐夫和姐姐商量了片刻，就决定立马让邻居的男人去通知老村长和那两个长者，请他们日出前到这里等着。他姐叫来邻居的女人，开始和炸饼子的面，姐夫准备要煮的肉块。一切说定

之后，他和阿山骑上各自的马，牵着白马上路。两人转过山脚走到峡谷。雪在不停地下着，但较之前下得稍稍稀拉一些。他们沿着峡谷的溪边一直向上跑着。月光透过飘着的无数雪片，照着正在"鬼鬼祟祟"跑着的他俩。人、马一身雪白，从上面看，白马和灰马与雪地融成一个颜色；从远处看，可能只看清那变成小小黑影的黑马在移动，因为黑马的腹部和四条腿没有沾上雪花。

她家就在峡谷上头的冬窝子里，也就是高山区，那冬窝子坐落在山腰的平台上。原先阿山找马群虽去过那里几次，可没有注意过她家周围的地形。但这也不难，因为她与他离别的时候，已说明过自家四周的环境。

两人在半夜前，也就是牧羊人睡前出门方便的时间走到她家冬窝子下面，然后远远地绕过冬窝子，顺着草坪陡坡爬着，就到了她说的那个悬崖上头。一上悬崖，两人先把三匹马的缰绳捆扎在一起，后躬身穿过一块块大片石，走到悬崖顶头的磐石间，用衣袖推开软松松的积雪趴下。两人一趴下就望望下面，只看见被雪覆盖的一片白茫茫的荒野，高低难分，好像没有生命的迹象。她家那冬窝子房间的门窗都朝着南边，他们虽在高处，可在北边，还是无法看到从房窗散出的灯光。阿山低声说："开始嚎吧，你扮公狼，我做母的，因为你今天要娶媳妇嘛，不给点面子还不行。"

两人同时用手圈住嘴巴开始嚎叫，一粗一细，就嚎了几声停下。冬窝子的狗立刻狂吠起来，过了一会儿，他们看到一闪而过的三束光亮。他小声说："他们开门出来了，那一闪而过的三束亮，是开门时从三间

房的门洞露出的灯光。"他们听到男人的大喊声："啊啊，哦哦，啊……哈哈……"阿山说："他们以为狼群在周围，吓唬吓唬罢了，不可能知道捕猎女人的狼在悬崖上伏着。"又过了一会儿，两人模糊地听到说话声，并看见雪地上朝自己面前移动的几个黑点。阿山说："别出声，狗们爬上来了，热闹还在后头呢。"就在这时，南边的山上也传来真狼的嚎声，真狼可能一听到他俩的嚎叫，以为同类在叫唤自己，所以通过回叫表明自己也到了冬窝子附近。狗们本来快爬到悬崖底部，可一听到南边发出的真狼嚎声，就立刻掉转身跑了过去。

两人把笑声憋在肚里继续趴着，两双眼睛继续盯着悬崖下面。隐约模糊的狗影渐渐远去，到了南边的山脚聚在一起。其实，狗们无法捉摸狼的意图，而狼在两边的山头，另外，主人们也只是通过喊叫吓唬狼，没其他的想法。其中的原因很简单：他们的畜群都在带顶的圈舍里关着，任何偷盗牲畜的人和狼群难以袭扰。所以狗们就在圈舍周围护着就完事。

两人继续盯着下面。他叽咕着说："卷个莫合烟抽抽行不？烟袋是她送的。"阿山低着声说："那烟袋天仙送的也不行，如她家的人看到烟的火星儿，以为偷畜贼来了，就立刻骑着马追上来，你以为我们是来做客的？再说了，那骑着枣红马的姑娘不是我娶的，如有一天，国家允许再娶一个，我会尽量先行动，但不会碰你那个，朋友妻不可欺嘛。"他说："想得美，癞蛤蟆想吃天鹅肉。"

他们俩懒得起身拍拍落在身上的雪片，所以与白茫茫的山地融为一体，即使不在夜晚，在白天也难以发现他们，因为一层

厚雪盖满了磐石的间隙，地势高低也被白雪抹平，两人只看到彼此雪中露出的面孔。

等着等着，月亮快要落在南边的山后，稀拉下着的雪花停歇，四周开始渐渐暗淡起来。南边的狼没有再次嚎叫，狗们也不叫了，它们可能认为狼走远了，向别处觅食去了。一股儿冷气早就钻进他们的皮衣袖口、衣领和靴鞡的空隙，但两人继续趴着不动。

时间大概到了后半夜，阿山才把双手交错着插进袖口，可立马又缩了回来并站了起来，低声说："她来了。"雪片从他的头部、背上滑下来，两人同时看到一个黑影在雪地上向悬崖这边移动过来。

5

太阳又松垮垮地压着峡谷东边的山顶，脸上还羞愧似的遮着一片阴云，然后再冉冉升到那片阴云的上面恢复圆形，轻蔑地窥视起凯旋的他和阿山，还有马上要告别少女时光进入妻子时代的她。他们三人在离冬窝子几百米的地方下马，被汗湿透的三匹马身上冒着白气。她一下马就动动腿脚，因她跟着他们连夜马不停蹄地跑了二十多公里路，三人的腿脚都麻了，帽檐也都粘着一层霜。她心里清楚，一下马就成新娘，就做眼前那灰色土坯房里的人的媳妇。

他姐和邻居的女人快步跑上来迎接新娘。邻居的女人手上还端着铝皮盘子，那盘子上堆放着黄花纸包着的水果糖。她低着头站在那里，他姐紧紧地抱住她，激动得边流着眼泪，边吻她的额头说："宝贝啊，委屈你了，以后我家有喝的一口开水，就有你

吃的一盘肥肉,放心吧,我把你当亲妹看待。"邻居的女人左手端着盘子,右手捧着盘上的水果糖,对着她撒了过去。阿山立马伸手抓住了几块,其余的糖先触碰到她的身上,然后掉进雪里。幸亏邻居家的两个小孩凑着热闹在场,他们把那些糖一一捡起来塞进衣袋。

他姐和邻居的女人把她夹在中间,用手扶着她的腋窝走到门前。随即邻居的女人松开手,把刚才盘里剩下的糖再次撒到门前站着的男人们的身上,意思是在场的人都要分享这欢天喜地的时光。门前站着老村长和两个白胡子的长者,他们是被邻居家的男人连夜请来的。

邻居的女人把她扶到房里用红帘子隔开的木床上,然后快速遮住帘子,让她脱掉衣服,再动手帮着她穿上提前准备好的裙子和崭新的、黑亮黑亮的靴子,这就表明她从现在起告别了少女身份。其他人也都前后进房,围着花毡上铺展的餐巾单盘腿坐下。那单子上堆满了混合方块糖的油饼和奶疙瘩,中间还摆着灌着酥油的两个花碗。他姐开始忙着倒奶茶,邻居的女人用刚才撒糖的铝皮盘换装了饼和方块糖,还放上一碗奶茶。土坯房外间的铁皮炉子上,正煮着一锅风干牛肉,青棕色的肉汤漂着泡沫沸腾着。

一层红帘子把房内隔成两半,显然帘子里面的木床上是属于她的小世界,帘外是属于其他人的大世界。她虽清晰地听着帘外人的说话声,可看不到他们的面孔,管他呢,先喝足奶茶,吃饱肚子要紧。

男人们边喝着奶茶,边切磋起让谁去女方家传话说明情况。他们最后决定让他姐夫和两个长者去,因为他姐夫是当事人的亲人之一,而那两个长者是这片牧区上人人恭敬的老者,如果女方不给他姐夫的面子,起码会尊重这两位白胡子长者。

奶茶喝完又上了肉,这样磨蹭下来也就快到中午。吃完肉,他姐夫和两位长者准备骑上马出发。可就在这时,两只狗与昨晚一样边齐汪汪叫着,边往山脚冲去。大家一眼就看到两个骑着马的男人转出山脚,正向这面奔驰而来。老村长说:"新娘的两个哥哥追上来了,他们可能是顺着雪地上的马蹄足迹追到这里的。快,女人们进房护着新娘,男人们堵住门不让他们进房。"

那两人跑到房前才勒住缰绳停下,看上去两人的脸色都浮着阴郁忧愁且恨之入骨的神情。骑着枣红马的人的裆和鞍间还夹着一根花木杵,他骑着的枣红马肯定是新娘原先骑着的那匹。

老村长向前跨了两步,用和气的语调说:"你们好!人畜平安吗?"骑着黑马的男子先哼了一声,然后用严肃的语气大声喊起来:"还说什么平安,我家毡房的顶圈垮塌了,杆子折断无数,架子成了一堆废木倒伏在地,豺狼趁机而入,叼走了羊娃。我问你,那只豺狼是不是把羊娃关进这个旱獭洞里?"他边说着话,边挥舞起马鞭扬威。一位长者恭恭敬敬地向前走了两步说:"年轻人啊,请消消气,这是我们的不是,事先没有给你们提亲,也没有说明孩子们的事。不管咋样,羽毛丰满的鸟儿总会飞走的,它不管飞到哪里,永会属于养育自己的巢穴。这不,我们几个人正要到你们的家里去赔礼……"

长者的话音未落,骑着枣红马的男人

冲向站着的人，差点冲翻刚才说话的那位长者，然后从屁股下拔出花木杵，围着两间土坯房跑了几圈马，一下马就走到门右侧，举起杵对准小窗甩了一下。小窗的四块玻璃连着窗格"哗啦"一声飞进房内。没下黑马的人问："我知道那个灾星小子是什么样的人，还听说他用嘴皮子会放屁，能把假的说成真、辣的变成甜，让他滚出来给老子搭话。"站着的人哑口无声，那打碎窗户的家伙拖着杵向他们走了几步问："听说那穷小子在姐夫家吃喝拉撒，你们中谁是他姐夫？"新郎的姐夫低着头、斜着眼，结巴地说："是……我，请多多……"没下马的人说："啊，原来腋窝里藏着毒蛇的是你嘛，弟啊，先把这个王八蛋送上地狱门口。"从语气和下令的表情来看，没下黑马的是她的大哥，正在动手的是她的二哥。

花木杵飞舞到他姐夫的头上，邻居的男人跑过去拉架，就立马包住他姐夫的头。花木杵头打在邻居男人的右手腕上，他尖叫一声并奔拉着右手蹲下。第二个杵头"砰"的一声打在他姐夫的头顶上，他"嗯"了一声愣了一会儿，然后用手压着头上的帽顶，一个箭步跳到露天羊圈的墙头，又跳上房顶，幸亏那圈墙紧挨着房墙。

骑着黑马的是大哥，他下马走到房门前，向弟弟使了个眼色，男方的人都不敢阻拦他们。她的两个哥哥轻松地踢开门进房，他姐姐和邻居的女人哆嗦着与新娘一起坐在帘子里面的木床上。她大哥不慌不忙地清清嗓子说："妹子，是你自愿的还是被骗的？不管咋样，你得和我们一块儿回去，要不然，我们踏平这个旱獭的洞穴。"她也不急不慢地回话说："你们一次又一次地

自找麻烦，这次又闯大祸了……我是自愿的，而且用自己的双脚走进这家的门，你们还想咋样？"她大哥低着声音说："不想咋样，就想把你带回去。"她说："哥哥，放出去的箭是收不回来的，嫁出去的女人泼出去的水，我已踏进这家的门槛儿，如你们逼我回去，那就把我的尸体带回去好了。"他大哥又向弟弟使了一下眼色，她二哥一手拔下帘子，一手拧住她的脖子，把她拉到房子中央且没松手，说："妹子，我们都是为了你的将来着想啊。"她从怀里拔出一把小刀，把尖头顶着喉咙说："放开我，再不放我就割断喉咙。"她二哥松了手，但走过去用身子堵住门洞说："你别想跑，再跑也逃不出我们的手里。"她镇定地说："我明白，再也不跑了，可我警告你们，千万不要再乱来，好。我跟你们走就是，把枣红马牵到门前。"

他二哥二话没说，立刻跑出了门，牵来枣红马横在门前。她骑上枣红马向下跑去，转过山脚没影了。她的两个哥哥站在外面，大哥昂着头，用轻蔑的眼神瞟瞟男方的人说："村长大人，你以为自己有多大的官？你不是我们村的头，说白了，你也是我们一样挂着棍放牧的……不过嘛，你都亲眼看到了，我们的妹子是被逼的，被骗到这家的，幸亏我们及时发现，又及时赶来了……所以她刚刚才明白自己的眼睛被乌云蒙蔽……如果我兄弟俩不来一点儿硬的，她哪能跑回去？"

兄弟俩没等老村长回话，就骑上一匹马走了，在场的人都不敢发话，只能用茫然的眼神望着兄弟俩的背后。

6

老村长沉默无言,背着手走进房。新郎和阿山从木床底下爬了出来。邻居的男人左手抓着右手腕,哼哧着蹲坐在门内侧。新郎的姐夫一手压着头顶也进了房,鲜红的液体顺着他的左脸流着。一个长者找来几根干枯的忍冬,用刀左削右刮,最后做成筷子长的木条;另一个长者弄来几根牛皮细绳,开始给邻居的男人接骨:一人抓着断骨处的两边轻轻往中间挤推,把两块折断的骨头并到原位,另一个把几根忍冬条竖着绕着包断处,完了用牛皮细绳绕缠捆上。新郎的姐姐和邻居的女人用纱布包扎他姐夫头上的伤口。

邻居的男人说:"拉架的也要挨一棍啊,接了以后不痛了,就是有点灼伤的感觉。"新郎的姐夫摸摸头上包扎的白纱布说:"我们怎么参加一场战争似的又伤又断的,现在该怎么办呀?"他望望邻居男人,接着说:"谢谢兄弟,受委屈了,我会铭记你的恩德。"邻居的男人说:"远亲不如近邻嘛,提些不足挂齿的事干吗?!"

最后他们围成圈坐在花毡上,七嘴八舌地议论起接下来该怎么办。老村长表态报警,把那两个痞子绳之以法。可两位长者和新郎的姐夫不同意,认为那姑娘已染上私奔的谣言,因而早晚会踏进这家的门。如那样,大风刮不了多久,亲戚闹不了多时,时间长了,两家人自然而然会和好的。不过,现在最要紧的是,要搞清新娘的下落。最终,在座的认为新娘不会回到自家,等上几天再定夺该怎么办。他们边议论着边喝奶茶,又边喝着奶茶边议论,最后又吃起早上剩下的风干肉。就这样,不知不觉地大半天时间过去了。

到日落山的时候,房里的所有人才出门,老村长和两位长者准备骑上马回家,阿山和新郎牵来他们的马匹。可三人准备上马的那一刻,新娘骑着枣红马跑回来了,还带着两个警察——一个是哈萨克族,一个是汉族。她边下马边说:"我跑上去报了警,我那两个哥哥一回到家,发现我没回来,就会又到这里来惹事的,我估计他们快到了。"果不其然,两个警察还没有进房问话,新娘的两个哥哥就像上午那样转出山脚奔驰上来。哈萨克族警察说:"快,都进房,我想亲眼看看他们怎样胡闹。"

房外的所有人进里间静坐。这次新娘的大哥踢飞外间小门先进房,她的二哥紧随着大哥也冲进来,他还拐到铁皮炉旁,踢飞了炉上烧着水的茶壶。茶壶碰到墙上掉下,里面的热水形成一条水线,跟着茶壶延伸过去,瞬间茶水洒在地上。兄弟两人又踢开里间的木门,可能那扇门结实一些,就没有掉下。两个警察立马跳起,一眨眼的工夫把新娘的二哥摔在地上摁住,将两只胳膊反过来铐上手铐。新娘的大哥愣站了一会儿,然后伸出手说:"妹子,看看你干的好事,带着警察来抓自己的亲哥,我们为了啥呀?还不是为了你的前程,你非要嫁给一个身上没有隔夜粮的穷骗子,好糊涂啊。"

警察们把两人推出房门。哈萨克族警察右手指指新娘二哥的眼睛说:"你这个村霸,曾多次逃脱法律的绳索,这会儿我看你怎么挣扎。很长时间以来,你多次带头打群架,无缘无故地打断了人家的胫骨,今天又打伤了一个人的头，还打断了另一个人的手腕骨，天网恢恢，谁也逃不了。"他又走到新娘大哥面前说："你以为警察是吃着白饭的，我们早就掌握了你偷盗十几头大畜的线索，今天又犯了教唆纵容罪，走，罪有应得。"

眼看着这一切，新郎的姐姐再也看不下去了，尖叫了一声跑过去，抓住那哈萨克族警察的袖口，边哭边哀求说："兄弟啊，今儿个，我家喜事临门的好日子，万万没有想到好事演成闹事，放了他们，他们是我的亲家。我们私聊，不，我们，包括我的邻居，都原谅他们，骨折已经接好了，我那丈夫头皮上的伤口是他自己弄的，不小心被牛角划伤的。真的，求求你们了，放了我的两个亲家。"两位长者也走上来劝放人，可两个警察铁面无私，没对他们的劝解有所动情。最后，老村长插话了，他说："没有想到啊，在这共产党的天下，还有这样横行霸道的人，可……可是，他们的亲家母都原谅了，而且他们的妹子已经是这家的人了，如果你们把两人都押走，女方的三家就都空了，当家的两个被捕，一个跑到这家，就没有放牧的人了，请你们放了他们吧，秋后算账也不迟。"

看起来汉族警察犹豫了，但哈萨克族警察好像在气头上，仍坚定地说："没门，我们早就想追捕这两个家伙，看看他那弟弟，一直无法无天，被他伤害的人还不敢举报，就怕他回过头来再次收拾自己。人证物证都掌握在我们的手中，不抓这两个害群之马，国家要我们这些警察干吗？决不能纵容他们。"在场的人你看我、我望他地站着。最后，一位长者轻轻地拽住汉族警察的衣袖，把他拉到一旁说起悄悄话。过了一会儿，汉族警察把哈萨克族警察也叫了过去。

三人站在那里叽咕了很长时间，最后哈萨克族警察走了上来，取下新娘大哥的手铐说："如果今天张警察不在场，我绝不会放你，他考虑到你们三家都没有放牧的人了，所以我们商量之后决定暂时放你走，可过两天你一要到派出所交代自己所犯的罪行，二要主动赔偿偷窃的损失，尽量减轻罪责的后果。要听清了，从此，你就在警方的监控范围之内活动，快滚！"

新娘的大哥交替着搓搓两只手腕，走到张警察和那个长者面前伸出双手，他本想与他们握握手表示谢意，可他们没动，也没有伸手。他尴尬地缩回手，盲目地鞠了一躬，然后骑上自己的黑马走开了。

新郎的姐夫和姐姐恭恭敬敬地恳请两个警察进房喝茶吃饭，可他们没有回声，都骑上马带着新娘的二哥准备起身。这时，新娘边呼哧呼哧喘着粗气，边啜泣着说："二哥，妹子对不住你了，今天我不报警，你也会早晚照样被抓的，还不如趁早到那里服刑，趁早悔过自新回家，放心走吧。哥哥，我和我的男人会照顾好你家的人和牛羊。"骑在枣红马背上的她二哥往袖口里缩了缩戴着铐的手腕，瞪了在场的所有人一眼，然后傲慢地仰起头吐了一口唾沫。

枣红马昂头喷着鼻息，瞧了瞧众人间站着哭的新娘。

房外站着的人目送他们好一阵，一个警察牵着枣红马的缰绳，另一个警察跟在后面，把新娘的二哥夹在中间缓缓远去。

黄昏渐渐被夜色吞没，包括骑着马走去的三个人。◆

◇
王 族

六条鱼（节选）

作者简介：

王族,著有散文集、诗集、小说集、长篇小说、长篇报告文学等。曾获中国人民解放军文艺奖、天山文艺奖、三毛散文奖、林语堂散文奖、《西部》散文奖、华语文学传媒大奖提名等。有作品被译为英、法、日、韩、俄、德等文在海外出版。

六条鱼（节选）

烤　鱼

A：认知

有一年在麦盖提县,我见到一个八九岁的小男孩吃烤鱼,他将整条鱼从嘴右边吞入,然后紧抿嘴巴不停地蠕动,一会儿便从嘴左边冒出一条完整的鱼骨刺,鱼肉已被他巧妙地吃掉。问他吃鱼的本事练习了多久,他指了一下塔里木河说,他吃这鱼的爷爷时,就学会了这种吃法。又问他这种吃法是谁教的,他说他爷爷这样吃鱼,他爷爷的爷爷也这样吃鱼,不用教,一出生就会。

离那吃鱼少年不远处,有一户人家,仅住着一位年迈的老太太。我见到她时,她与一只猫依偎在一起,犹如一位女巫。据说她从不吃饭,连猫也不喂一次,不知她和猫靠什么活着。我本想询问,但她双目紧闭,已经入睡,我便悄然退出门去。在她家院子里无意一瞥,见院中有整齐码放的鱼骨刺。想必那些鱼骨刺已存放多年,不仅蒙尘,而且有枯朽之感。我想老太太是靠吃鱼活着的,但她那么年迈,如何从塔里木河中打得出鱼?

我正看那些鱼骨刺,那只猫从屋中蹿出,"唰"的一声跳到鱼骨刺上,做出警惕守卫状。我对猫笑了一下,它抖动了几下胡须,双眼中除了原有的幽冥之光外,没有别的神情。此猫乃好猫,守着年迈的老太太,到了相濡以沫的地步。于是,我又对猫笑了一下,才转身离开。

后来,我打听到了那位老太太吃鱼的真相。在河边烤鱼的人多知道她的情况,听得猫叫便甩过去一两条烤鱼,猫叼回与她共吃,如果一次吃不完,便存放起来以俟时日。

新疆的老人吃东西,往往出人意料。我曾在和田见过一位70多岁的老人,每日不吃别的,仅吃几个核桃,喝几碗黑砖茶。在吐鲁番,曾见一位老人在5月间只吃桑葚,对别的饭菜一口不动。我先后问过两位老人能吃饱吗,他们的回答惊人的一致:人老了,要找对适合自己吃的东西,多少吃一点儿,活得长久。现在碰到这位老太太,便相信她每天吃几口烤鱼,便可活命。

刀郎人(维吾尔族的一支)的烤鱼皆出于塔里木河或沙漠中的海子。有一年在阿瓦提,见到一人肩扛一个鱼叉,我问他去干什么,他说去划卡盆下海子。我知道卡盆就是木舟,被刀郎人专用于打鱼。海子的生成往往有两种情况,或是塔里木河水溢出后形成,或是沙漠中的蓄水,其规模都不大。当时想问问海子中的鱼的情况,但那人脚步太快,转眼便已走出很远。等到他在中午返回,便见他手提十几条鱼,最大的有两三公斤,最小的也有一公斤左右。我感叹他一天能捕到这么多鱼,不料他一笑说,今天捕到的鱼比这些还多呢,刚才和朋友在河边生火烤吃了一顿,已经有七八条进了肚子里。

那天下午,我随那人划卡盆在塔里木河中打鱼。那人说起探险家斯文·赫定的故事,说那个老头儿,当年就是坐着他这样的卡盆在塔里木河上来来去去,把新疆的很多老故事都带到了外国。看得出,他所说的"老故事"指的是斯文·赫定对西域的考察。我正与他聊得起劲,他却突然将卡盆稳住说,鱼来了!我细看河中,并没有一条鱼的影子,但他神情颇为严肃,将渔网撒进了河中。河中果然有鱼,少顷,他将网提出水面,便有几条大鱼在网中扭动。看来刀郎人打鱼久了,能够听出鱼在水中的动静,下网、收网都不会落空。

刀郎人在塔里木河捕到的鱼多为大鱼,如果不用红柳和胡杨木生火烤,味道便不好。有人想吃小鱼,问了几人均摇头,此处全是大鱼,吃小鱼得去别处。

我们坐在河边聊天,见河中有鱼骨泛着白光。那是人们在河边吃完烤鱼,手一扬扔进了河里的鱼骨。真是不应该,那样做既对不起鱼,又有污河水。正在感叹,见几条鱼游来,它们看见那鱼骨便倏然游走。

大家看着河中的鱼骨,都不说话。

B:食单

烤鱼的做法,常见的有两种。一种做法是在槽子里烧好炭火,像烤羊肉串一样,交替翻烤鱼的两面。鱼少脂肪,被炙烤时不会冒出油脂,且会逐渐收紧,呈现焦黄之色。因调味之需,在快要烤熟时撒上椒盐,其外在又隐隐呈微红色。食客亦可根据自己口味,撒辣椒面或孜然粉,食之肉质紧脆,味道烈酥,口感舒爽。

另一种做法是从河中捕出鱼后,即在岸边生火炙烤。此做法在新疆的塔里木河边多见,人们先捡来胡杨树枝、梭梭柴或红柳树枝等,立成堆点燃。随后,将鱼去除内脏后洗净,用刀把鱼切开,使其呈扇面状,用一根红柳枝从鱼尾插入,慢慢穿至头部。等到火燃起,把鱼插在大火旁炙烤。鱼在红柳枝上被摊开,烤一面一会儿后,便翻转烤另一面。因为是在野外,常常只撒上精盐,但此类烤鱼鲜嫩,所以仅有一把盐足矣。将鱼反复翻烤,慢慢便散出香味。观之鱼上有焦黄色,便是已经烤熟了。取下手持红柳枝,慢慢将整条鱼食之,是痛快的吃法。

有一说法,烤熟的鱼不可用刀切开吃,那样会不吉利。

五道黑

A:认知

因为身上有五道黑鳞,故这种鱼得名"五道黑"。

有人在额尔齐斯河下网捕得二十余条五道黑,收网后在岸上将它们倒出,只觉得眼前有黑色弧光闪烁,一愣后才明白,是鱼身上的五道鳞太明显,闪出了那样的光影。五道黑的力气不小,在挣扎中蹦跳得很高,被它们碰撞到的小草东倒西歪,晃出一片幻影。有一条五道黑的运气好,蹦跳了几下居然落入河中,奋力一游便潜入深水中去了。

五道黑的嘴小,有人见一条五道黑在水中吃一根水草,像是用上下唇含着慢慢品尝。它虽然吃得非常缓慢,但沿着那根水草一直在吃。慢慢地便见那根水草在变短,五道黑在向前移动,把一种缓慢的"持续"展示得令人叹为观止。吃完了上一根水草,五道黑便游向下一根水草,却不再吃

了,像要记住其特征似的看了一会儿,然后尾巴一摆便游走了。有人看过那一幕说,五道黑这种鱼有两点让人一看就明白:一是它们饭量不大,一次吃一根水草就饱了;二是吃着这顿就想着吃下顿,明天一定会来吃自己看中的那根水草。那人看得仔细,总结得也很到位,但那条五道黑在第二天是否去吃了那根水草,就不得而知了。

虽然五道黑比起大红鱼要小得多,但也不是最小的鱼,一般都在半斤左右,如果用于家庭红烧,一条足矣。五道黑身上的五道黑鳞亦有奇事,有的五道黑鳞一刮就掉了,让烹饪者觉得可惜,如果能把那么好的鳞留住,端到桌子上岂不是更有面子。但有的五道黑鳞下面的印记牢固得很,烹饪者把上面的鳞刮掉,下面便是五道显眼的鳞印。食客们一看见那五道鳞印便兴致高涨,饭桌上的气氛就活跃起来了。

前些天与别人说起五道黑,有一人说如今在额尔齐斯河和乌伦古河流域打鱼的人,网撒下去半天也空无一获,但以前不是这样,人用脚都能钓上五道黑。问及原因,他说以前的人赤脚踩入河中,因为五道黑太多,便纷纷去啄人的脚丫子,但它们的嘴太小,任凭怎样啃咬,人都没有感觉。当然人们不会白让它们啃咬,他们慢慢向浅水处移动,引诱五道黑过去,一弯腰便抓住一条扔回岸上。五道黑是有智力缺陷的鱼,眼见同类已丧命于人手,却不知道逃避,反之仍然把嘴伸向人的脚丫子去啃,于是便被人们抓了一条又一条,有时候甚至会被抓得一条不剩。

这些年,因为五道黑的味道好,加之又太容易被捕到,所以人们便不停地盯着它

五道黑　　　　　　　　　　　　（阿勒泰文联供图）

们，以至于餐桌上的五道黑多了，水中的五道黑便少了。有一钓鱼者在河边等了半天，才钓上了一条又瘦又小的五道黑，看它一副可怜的样子，那人发善心将它放回河中。那人遂感叹，现在的河水也被人祸害得差不多了，就连五道黑也变成了这样。那人起身准备离去，那条五道黑却游至岸边的水中，用尾巴在水中搅起一圈圈涟漪。那人再次感叹，五道黑啊五道黑，我可以放你，但别人未必会对你发善心，你还是赶紧游走吧！说着他捡起一块石头扔进河里，那条五道黑才游走了。

阿勒泰的朋友说，现在如果想见到五道黑，只能在冬捕的日子。有一年我听闻福海县要在乌伦古湖上举行冬捕节，便专门去看。因为是大型活动，湖面上人山人海，似乎要一次把湖中的鱼捕捞干净。听到有人说，在这个海里，东海的鱼比南海的鱼多。从他的话中才知道，福海人把乌伦古湖称为"海"，把去湖边都说是去海边。原以为这是福海人的可爱之处，但站在湖边向远处看，结冰的湖面一直延伸到了天际，便觉得这湖确实应该被称作海。

人们早已在湖面挖出口子，把渔网撒了下去。等到了一定的时辰，十余人便拽一网拉到冰面。网内却空空如也，翻来翻去仅有几条小鱼。湖上有好几个地方都开口子下了网，但都收获甚微。是鱼少了，还是鱼变得难打了？有人说，是天气不好让今天的人打不到五道黑，如果天气好一点儿，一网下去就能弄上来一大堆五道黑。但愿那人说的是真的，亦希望明年的冬捕节能有好天气。

再次见到五道黑，是在额尔齐斯河边。五道黑除了生存于乌伦古湖外，也就只有在额尔齐斯河中可见到。我们用柴火燃起一堆火，准备在河边烤羊肉串吃，不料好几条五道黑从河中迅猛跃出，翻出耀眼的鱼肚白，然后摔回水中。我们被吸引过去看水中情况，发现五道黑是因为见到火光后变得兴奋，遂做出了反常举动。我们觉得有趣，便想再玩几次，但无论我们将火燃得多么旺,却再没有一条五道黑跃出水面。直至我们将羊肉串吃饱,岸上的火光渐熄,河面上也没有任何动静。

我们猜想,也许五道黑初见火光时,从目光到内心都很兴奋,便跃出了水面。不知水中的鱼有没有喜怒哀乐,但它们跃出水面后奋力向上的姿态,欢快摆动的尾巴,都让人觉得它们颇为兴奋。但那样的情景多在夜黑月升时出现,现在它们被岸上的火光吸引,遂又难抑兴奋跃出了水面。但火光不比月光皎洁,甚至颇为刺眼,所以它们看过几眼后便再无兴趣,复又潜入深水中。

此事怪吗？要说怪,是因为我们不知道五道黑见到明亮光芒时,为何会如此反常;要说不怪,亦因为五道黑想跃便跃了,于它们而言是再平常不过的事情。

有人说起某一年的一件事,当时有牧民的羊群转场至额尔齐斯河边,要经过河上唯一的一座桥才能到对岸去。羊太多,只能在岸上排队等待。不料,半夜时下起大雪,牧民和羊群皆惊恐不安,遇上这样的天气如不尽快想办法,一场寒流会让羊群大批倒下,弄不好还会冻死人。正在焦虑时,就听得河面传出声响,有多条五道黑跃出水面,旋转几下后复又落回水中。无火亦无月光,五道黑为何会突然跃出水面？牧民走到桥上去看河中动静,天色虽然黑咕隆咚,但仍可看见有成团的五道黑争抢着在跳跃。牧民弄出的动静惊扰了它们,它们转了几圈后,便贴着河底迅速离去。

还没等牧民弄明白事情的缘由,月亮出来了,雪夜中的月光像暗自移动的刀剑,穿过黑暗,亦穿过大雪,然后落入大地。整个额尔齐斯河被月光照亮,变得幽静而清晰,似乎要用巨大的脊梁将黑夜驮起。牧民于是明白,五道黑是因为感知到月亮要出来,才跃出了水面。很快,牧民想起年长者曾说过,雪夜出来月亮,大雪必将在天亮前停息。牧民吃了定心丸,等待天亮继续踏上转场的路途。

次日早晨,大雪果然停了,牧民赶着羊群顺利过了额尔齐斯河。

B：食单

有人将五道黑从河中捕出后,即在河边用河水炖煮。他们将此称之为原水煮原鱼,图的是鱼肉嫩爽,汤水新鲜。在河边炖五道黑,椒蒿和薄荷是现成的,揪上几把放进锅中,颜色便有白、有绿、有黑,汤则更加鲜美。

因为无刺,夹起一块肉咀嚼,有嫩滑鲜美的肉质感。其最好吃的地方是腹部,用筷子一夹便是一块肉,吃起来感觉分外不同。肉质被炖煮后白腻细嫩,尤其是肥厚的地方,用筷子挑开便是一块肉,咀嚼有酥软和嫩滑之感,带来难得的口感。

无论红烧、干煎、清炖、油炸和烧烤,都要少放调料,才能让鱼肉保持本质味道。尤其是清炖,切不可放香菜和葱花,否则会让鱼肉变得涩苦,汤也会辛辣,喝一口便会把碗放下。

有人煎炒五道黑时用番茄酱制酸,不用糖,而用蜂蜜制甜。同时,不放味精,并以辣椒、孜然做菜引子,做出的五道黑有红、金、绿、白等颜色,而且味道不淡不浓,既保持了五道黑的原味,又增加了甜、酸、辣的独特味道,且样式新颖,被食客们大加赞赏。◆

◇ 康 剑

在诗与远方的可可托海等你

作者简介：

康剑，中国作家协会会员，中国摄影家协会会员，新疆作家协会理事，自称"喀纳斯护林人"。

2020年金秋的一个傍晚，一位穿着时尚的年轻姑娘来到可可托海镇的一个警务站，她告诉值班的民警："我来自遥远的四川成都，到可可托海是为了寻找一个人。"民警耐心地告诉她："你要寻找可可托海辖区内的任何一个人，我都会尽力帮你找到。"年轻姑娘说："我要寻找的是歌曲《可可托海的牧羊人》的作者王琪，你能帮我找到他吗？"民警听后一脸茫然。

成都姑娘在可可托海寻找了一个星期，当她确认王琪并不在可可托海时，神情无奈地自言自语："我就知道他不在可可托海，我就知道这首歌是他在脑子里编造出来的一个故事，可我为什么还要踏遍千山万水来寻找他呢！"

一首《可可托海的牧羊人》，在2020年的下半年成为网红歌曲，上了热搜榜，成为焦点话题，成为人们争相杜撰牧羊人爱情故事的由头，并且成为2021年央视春晚上为数不多的独唱歌曲之一，这着实是歌曲的创作者、演唱者事先都预料不到的事。随着歌曲的走红，过去在其他省市很少有人知道的可可托海也走进了大众的视野，这的确是《可可托海的牧羊人》这首歌带给北疆阿勒泰的意外惊喜。

人们不禁要问，可可托海到底在哪里？它还有哪些不为人知的秘密隐藏在尘封的历史里？甚至有人始终没有弄明白，可可托海到底是不是一片海呢?

我想说的是,可可托海不光有牧羊人和牧羊人的爱情故事,它还有更为神秘的诗与远方。它不仅有壮丽的额尔齐斯河大峡谷、神奇的钟山景观,更有为共和国"两弹一星"做出过卓越贡献的三号矿脉,以及在那里奋斗终身甚至奉献后代的矿山英雄们。

我有幸在可可托海驻足,花了两个夏天,强烈的紫外线把我的脸庞晒得像那些早已退役的矿山机械一样黝黑铮亮。追根溯源,不只是钟山的壮美吸引了我的目光,也不只是额尔齐斯河上游的清净河水迷醉了我的灵魂,更不只是这里的森林、草原、壮美山川让我流连忘返,让我驻足并且魂牵梦绕的,恰恰是为共和国做出过巨大贡献的三号矿脉,是向世界展示中国人铮铮傲骨的深水电站,是那块小得不能再小的著名的额尔齐斯石,是那座历经沧桑仍然屹立在额尔齐斯河上的老木桥,是那些依然坚守在父辈们流过血、淌过汗的工作岗位上的矿二代、矿三代。

刚到可可托海时,在三号矿脉旁给我们当讲解员的稀有公司经理就是个矿二代。他的讲解朴实无华、饱含深情。言谈中,他把自己对于父辈们的热爱和崇敬,父辈们对于国家的热爱和崇敬,全都表达得淋漓尽致。在半个多世纪里,三号矿脉从一座高出地面两百多米的山峰,变为一个直径二百五十米左右、深入地下一百四十多米、有着十三层螺旋状运输车道的巨大矿坑。听完他的讲解,我心潮澎湃,回去后很长一段时间心情都难以平静。从那以后,我在任何场合都会嘱咐自己在可可托海见到的每一个人:"请记住,这个地方不叫三号矿坑,它不仅仅是一个坑,它曾经与共和国荣辱与共,与国家命脉紧紧相连,它的名字应该叫三号矿脉。"

在这样的背景之下,我写下了献给可可托海的第一首诗,诗名就叫《三号矿脉》。

三号矿脉

曾经
受尽磨难
经历百年沧桑
几度身世变换
你最终修炼成为
中国有色工业的摇篮
你的名字叫
三号矿脉

曾经
为了偿还
"老大哥"的债务
你勇敢地背起
母亲受伤的身躯担起的
接近一半的重任
你的名字叫
三号矿脉

曾经
共和国
"两弹一星"的内脏
是从你的体内输出
让中国人的腰杆
在全世界面前挺直
你的名字叫

三号矿脉

曾经
三号矿脉
连着国脉

说来也奇怪，屈指算算，我已经接近30年没有写诗了。到了可可托海，亲眼看到了矿区曾经的辉煌，接触到了当年的矿山工人和他们的后代，我惊讶于老矿工们对于当年为国家奉献青春甚至生命的无怨无悔，更惊讶于矿二代、矿三代们对于父辈们坚守矿山、爱矿如生命的那份理解、崇敬和由衷的颂扬。在可可托海，年轻人说起父辈们的事迹都会如数家珍；在可可托海，最成功的精神传承，就是年轻人能把讲述前辈们的传奇故事，当作一件神圣的事情在真诚歌颂。

作为一个曾经写过诗的人，在这样的环境中，你不想写诗都难。我常给朋友说，如果喀纳斯的柔美适合写散文，那么可可托海的傲骨更加容易激发人的诗歌创作热情。

当然，在我所见到的年轻人中，他们不只是用自己的嘴巴去讲述父辈们的英雄事迹，他们同样还在用实际行动，继承和延续着父辈们未竟的事业。在地下发电站，我所看到的工作人员都是清一色的年轻人。他们当中有男有女，有汉族也有少数民族。他们居住在老一辈居住过的职工宿舍里，工作在离地面一百三十六米以下的深水电站。他们深居大山，远离外面的繁华世界。看到他们，我既心疼又欣慰。我想，这些80后、90后所坚守的，不仅仅是老一

辈留下的这座深水电站，他们更像是在守护前辈们给中华大地建造的一座精神灯塔。

于是，一首《深水电站》萌生在我的脑海。

深水电站

离地面垂直下降
再下降，直到
地下一百三十六米处
水轮机组轰鸣作响
那份来自普通一兵的贺电
宣誓一般地在墙壁上
把改变历史的那个日子
整整颂扬了五十一年

我不知道
当年写下这份贺电的人
他的年岁有多大
是年过半百，还是正当青年
光从字迹上看
那坚韧的笔锋
分明包含了
悲喜交加的众多字眼

一份自己写给自己的贺电
像护身符一样
伴随着四台水轮机组
照亮牧区和矿山
在长达半个世纪的时间里
光明从来不曾间断
从此人们永远记得
一九六七年二月五日
那份普通一兵的简短贺电

热烈祝贺，今日发电

当年，像上面那位自己给自己写贺电的普通一兵，在可可托海数不胜数。他们虽然都很普通，但在各自的工作岗位上都是真正的幕后英雄。韩凤鸣就是其中一位。

我没有见过韩凤鸣老人，但韩凤鸣老人的故事切实地把我感动了。感动我的，不是他为可可托海矿业发展做过了多少贡献，也不是因为他发现了那块举世无双的小小的额尔齐斯石，更不是他把这块自己发现的石头捐献给了可可托海地质陈列馆。如果只是这些，那么在当年建设可可托海的几万位英雄里，韩凤鸣只能算是这几万位英雄当中的一个。试想，当年的可可托海，到处是会战的海洋，时时都会有英雄涌现。那是一个英雄辈出的年代。

历史是这样记述这件事情的。韩凤鸣在探矿时偶然发现了一块拳头大小的石头，通过自己的经验判断，他断定这不是一块一般的石英石。于是，他把这块不大的石头切下一半送到国内权威机构检验。检验结论是：这是一块国内未曾发现过的新矿种。为了得到国际权威机构的认可，他把剩下的一半切下一大半送到国际矿物协会鉴定，检测结论最终断定，这块石头确实是世界上新发现的一种矿物种类。经过几次切割送检，最后这块神奇的石头只剩下指甲盖那么大小。

按照国际惯例，一种新矿种在发现之后，是可以用发现者的名字命名的。在国际矿物协会签发文件确认这块石头为世界上首次发现的新矿物种之前，韩凤鸣当时完全可以沿袭这个惯例，申请用自己的名字命名这块石头，但他没有申请，甚至有人提醒过他，他依然没有申请。用自己的名字命名一块稀世之宝，这是多少人梦寐以求的事情，这比获得任何国际大奖都更加容易流芳百世。但韩凤鸣始终没有这么做。用当时的说法，这个人似乎有点傻。用现在的话讲，这就是一个人的格局和胸怀。

由此，一首《额尔齐斯石》自然而然地流淌出我的心田。

额尔齐斯石

在博物馆里看到你
你像一块
普通得不能再普通的
石英石
放在三维画面中看你
你却像一颗
奇妙无比的
蔚蓝色星球

发现你的那个人
本可以按照惯例
用自己的名字
命名石头，流芳百世
但他更知道
人的生命
哪能比一条河流
活得更加长久

今天
我凝视着这块
世间仅有的
只有指甲盖大小的

额尔齐斯石
我想在内心轻轻标注
你的另一个名字
自然之子韩凤鸣

在可可托海，处处充满着红色的记忆。在这些记忆里，既有和共和国命运紧密相连的惊天动地的大事件，也有儿女情长、家长里短的小事情。往往，大事件中包含着无数个小事情，无数个小事情又托举着轰轰烈烈的大事件。但随着时间的流逝，这些记忆也会或多或少地褪色甚至消失。就像那些老厂房，那些老宿舍，那些老专家楼，它们存在时看似很无用，但消失了又着实令人心疼。

美丽的可可托海盆地，方圆也就四五平方公里，在它最鼎盛的时期，却居住着四万七千人，比现在阿勒泰地区的任何一个县城的常住人口都多。我们现在的每一个县城，规划面积一般都不少于七八平方公里，城区的住宅楼成片开发，高楼林立，城镇人口也就两三万人；而几十年前的可可托海，那时候还不是建制镇，只有一个神秘的代号叫"111"。额尔齐斯河南边是生产区，北边是生活区，生活区的面积最多也就两三平方公里，但能住下接近五万人口。由此可见，那时人们的居住条件，是何等的艰苦。据老人们讲，当年一家四五口人能住在一间七八平方米的小房子里，条件就已经非常不错了。

刚到可可托海时，老木桥的旁边有一条风情街，供旅游的人们吃喝玩耍。我原来以为老木桥根本就不存在，这里只是人工打造的一条招揽游客的商业街而已，每

次只是匆匆而过，不愿意去凑那份热闹。后来，为了规范旅游市场，风情街被取缔，老木桥才恢复了往日的宁静。一天晚饭过后，我沿河而上，才第一次见到人们常说的那座老木桥。驻足桥面，只见群山被夕阳染上了一片红晕，蓝色的河水从桥下哗哗流淌。一座老木桥，北连老矿山居住区，南接著名的三号矿脉。当年，在河北边生活，河南边生产；河北边是坚固的后方，河南边是战斗的前线。一座老木桥，见证了无数个发生在可可托海河南边、河北边的大事小情。

我一个人在老木桥上来回走动，想象着当年木桥上车来人往的繁华景象，内心默默念诵出《老木桥》这首诗来。

老木桥

傍晚
当云朵滑过晴空
额尔齐斯河
像蓝色的幽灵
穿行在
可可托海盆地
昔日的尾矿
在河对岸
堆积如山

站在老木桥前
我怎么也想象不出
当年的可可托海
是何等壮志满怀
作为一个局外人
我只是每次听到

矿后代们对父辈
那如数家珍的述说
从这些述说里
我隐约感觉到
那时的可可托海
河南边
是激情燃烧的岁月
河北边
是儿女情长的等待
正是这座老木桥
五十多年如一日
连接着河的南北
承载着悠悠往事

我不知道
一座老木桥
还能在这条河上
再坚守多少年
但我坚信
在人的记忆里
有时候
木头比石头
更加坚硬

富蕴县的可可托海矿区，曾经为共和国的国民经济和国防建设做出过突出贡献，这注定了这片热土从一开始就被注入了满满的红色基因。现在，矿山开采都已关停，开始转向红色旅游开发。可可托海曾经的辉煌也为红色旅游带来了新的发展生机。有理由相信，在这片神奇的土地上，旅游业必然能为可可托海再次创造出当年矿业开发时曾经有过的灿烂辉煌。

可可托海不只是有矿山遗迹留下的红色旅游，它同时还拥有风景如画的自然风光。在这里，一草一木都能让人浮想联翩，流连忘返，一山一石都能使人产生美的感受、诗的遐想。你看宝石沟口的那两棵树，它们不是同一个树种，但彼此紧紧相依，就像一对长相厮守的夫妻，任凭四季轮回，无论风霜雨雪，都把自己定格为大地上的一道迷人的景观。而且，随着年岁增长，它们的旁边慢慢地又生长出一棵小桦树来。当地的人们都开玩笑说，夫妻树的爱情结晶也已经慢慢长大了。

我看着这对夫妻树，头脑中努力搜寻着关于树的诗句。它们没有曾卓的诗《悬崖边的树》中描写的那样孤傲，没有舒婷的诗《致橡树》中颂扬的那样高贵，更没有艾青笔下的《树》中那样看似彼此兀立而实则根须相连。这两棵树就像生活在阿尔泰大山中的牧羊人夫妻，或者就像牧羊人赶放的两只小绵羊，它们自由，坦荡，随性，热烈。

看着任四季轮回依旧不离不弃的两棵树，我默默吟诵出《夫妻树》这首小诗来。

夫妻树

漫山遍野的树
像跑出圈的羊群
四处乱窜
唯独你们两个
像热恋中的小绵羊
缠绵在一起

两棵树
一棵云杉，一棵白桦
在可可托海

蓝色的河湾

根深扎在地下

手相挽在云间

无论冬夏，无论雨雪

把相依相偎的身影

站立成一道

恩爱的风景

可可托海虽然没有海，但它有着一条蔚蓝色的河流，这就是额尔齐斯河。额尔齐斯河发源于富蕴县境内的阿尔泰山南坡，由喀依尔特河和库依尔特河汇合而成。库依尔特河从钟山景区奔腾而出，在可可托海镇穿行而过，一头涌进水面如镜的伊雷木湖。

伊雷木湖看似波平浪静，但从湖面的最初形成到深水电站的建设，这中间隐藏着鲜为人知的两段往事。

据史料记载，1931年8月11日5时18分47秒，我国西北边陲新疆东北隅、阿尔泰山南麓的富蕴县境内发生了8级地震，

当时北平鹫峰地震台记录了这次地震，远离震区的拉丁美洲圣胡安地震台记录到这次地震的震波持续了两个半小时，地震有感范围达数千公里，地表破坏现象极为惨烈，集中分布于富蕴县可可托海至青河县二台之间狭长地带，形成长一百五十九公里的地震断裂带。在那次大地震中，山体塌方阻碍了库依尔特河河道，成为地震断裂带上最大的断陷盆地，从而形成了最初的伊雷木湖。

1956年，国家在伊雷木湖的出水口拦河修坝，开始建设装机容量两万千瓦的地下水电站，水电站深藏在地下一百三十六米处。1967年2月，可可托海地下水电站开始发电。拦河修坝使得伊雷木湖水位抬高，湖面增大。可以说，今天的伊雷木湖是大自然鬼斧神工和人类战天斗地共同作用的结果。

我时常徜徉在伊雷木湖岸边，看如镜的湖面倒映着远处的山峦，听采用干打垒建造的村庄传出鸡鸣犬吠和拖拉机驶向田

夫妻树 （康剑 摄）

野发出的欢快声音。在铁买克乡看伊雷木湖,一派安静祥和的田园风光尽收眼底,你根本想象不到在湖的对岸,当年发生大地震时的惨烈场面和修建地下电站时的艰难情景。

《夕阳下的伊雷木湖》这首短诗,就是在这种静谧恬淡的环境下慢慢从心中涌动而出的。

夕阳下的伊雷木湖

夕阳之下
向日葵地,花开成片

远处山峦
层层叠叠倒映水面

古老村庄
稀疏升起袅袅炊烟

几匹马儿
啃食青草咀嚼有声

一面湖水
盛不下人心的波澜

秋天的可可托海色彩斑斓。金黄色的树叶挂满杨树和白桦树的枝头,蔚蓝色的河水绸缎般地在起伏弯曲的河床中穿行,青灰的花岗岩山体为可可托海如画的风景打满底色。在这些巨大的花岗岩山体中,钟山独树一帜、鹤立鸡群。

作为可可托海世界地质公园的代表性景点,钟山让无数游人顶礼膜拜,流连忘返。一山一巨石,一石一巨钟,一钟一盛景。钟山耸立在群峰之上,额尔齐斯河环绕钟山日夜流淌。这块巨大的钟山,人们早已习惯叫它"神钟山",但唯独我不喜欢这个俗气的名字。面对如此寂寥清净之地,一口巨钟高耸云间,是何等俊秀奇美,让人心旷神怡。我闭目静听,仿佛听到这口巨钟正在向着阿尔泰群山大地传送着绵绵不断的祝福。

一首《梵钟山》,于山地林水之间慢慢滋长。

梵钟山

远看你
我不知道
你是挂在天上
还是立于地上
近看你
我才发现
你紧连着天上
又高耸在地上

你是一座
上天赐给
大地的梵钟
既顶着天
也立着地
通天连地
把祈福的音律
向人间
一声声敲响

来可可托海吧!这里不光有牧羊人和牧羊人的爱情故事,这里更有无尽的诗与远方在等着你。◆

◇
兰晶

系情不已喀纳斯

作者简介：

兰晶，现任职于克拉玛依市文联。近年来，主要从事报告文学和诗歌、散文创作。参与编辑《玫瑰诗简》《荒原筑梦——克拉玛依城市工匠纪实》（共3部）、《克拉玛依文学》等文学书籍和刊物，并参与相关创作。有作品在《西部》《回族文学》《天津日报》《长江诗歌》《克拉玛依日报》《新疆石油报》等报刊上发表。

在海南三亚的表妹微微请了假来新疆，想利用这个难得的机会，于新疆览胜怀美，体验与海岛椰林截然不同的情致、风光。

微微告诉我，她要充分利用一周的时间将新疆悠游一番。也许是自幼在热带软糯的海风里吹拂久了，人也天真起来，我伸出手指在她额角轻轻弹拨了一下："七天？七天只够游历北疆的三分之一！"

听完我的调侃，微微有些愕然，随即释怀一笑，完全接受了我的看法，同意这回权且只作北疆局部游。

谁不说咱家乡好呢！局部游自然先从我们克拉玛依开始。

踏上享誉中外的黑油山景区，微微如脱笼的小兔，在池边蹦跳不已，以致激起油池随韵律冒出一串串黑亮的油泡！她连称此地真可谓富得流油。近观九龙潭，暖空之下，碧流如彩练迤逦而去，得知竟是人工开挖拓宽的河流，微微惊呼："简直就是沙漠里的奇迹！"

然而在花香与海浪咸香荡漾的环境里久居，微微对非自然的景区自然兴味有限。

去喀纳斯！我的心中立刻就确立了最终方向。

我对微微说："走吧！去喀纳斯，将雄浑壮美与明媚清丽糅合于一身的仙境,不妨到那儿陶醉一番。"

第二天,在居于福海县的父亲的朋友陪伴下,我们一行先去了趟中蒙边境的红山嘴哨所,当晚便宿于深山里的温泉沟。

翌日,微微连心心念念的温泉浴都顾不上了,自温泉沟下来便直奔喀纳斯。虽然这两处美景都在阿尔泰山上,但相隔的距离不近。一大早上路,一路表情夸张地过了险峻蜿蜒的盘山路,我们不失时机地浏览了全貌不同于天山的别样景观。中午在布尔津草草用完餐,我们便又踏上直奔喀纳斯的大道,不免又是一条盘山路,途中还遭遇了一连串无法预料的小插曲。然而,微微始终游兴饱满。有一回,车上了便道,上山艰难,为了减轻车的载荷,我们不得不下车徒步走了一段。天色将晚,日影、暮色与远山交叠成种种斑斓的图案与影像,令人神往。天近日落,我们终于到达喀纳斯湖畔。

数年前,我曾陪同学游历过喀纳斯,有了这样的经历,这回便自然地给微微当起了蹩脚的导游。

喀纳斯湖如一块空灵的海蓝宝石,镶嵌在中国西北角新疆阿勒泰地区的阿尔泰山中。清凉无际的蓝空将湖水开拓出视野之外的辽远,变化不定的雾气如轻羽、柔丝在山水之间游弋萦绕。任你来亲近她多少次,其静谧和娇美都像如歌的行板,其韵致叩在你的心坎上,涤去了万千愁绪。

不说别的,仅阿尔泰山,就能让酷爱阅读地理书籍的微微感叹良久。

其实,此番安排微微上喀纳斯,也是为了让她看看,已到过的九龙潭虽然是克拉玛依河的源头所在,而克拉玛依河的河水却是源于阿尔泰山上喀纳斯湖的额尔齐斯河,这又是喀纳斯带给克拉玛依人的别样的神秘魅力。

游览喀纳斯,通常都是头天中午上山,翌日中午下山。因路途耽搁,我们失去了许多时间,亦失去了许多与美对视的机会。但在傍晚时分一路前往,感觉又别具特色,整个喀纳斯湖区显得更加静谧而安详。正如老舍所说:"美若失去了'静'字,便少了一半的美。"这里地处北疆边陲,关山围叠,路途遥远,人迹罕至。长期以来,偌大的一个湖区只生活着两千左右以游牧为主的蒙古族图瓦人。直到20世纪末,喀纳斯湖才得以对外开放,一时间成为闻名遐迩的旅游胜地。一位"养在深闺人未识"的佳人终于打开了她的窗户,却还是"犹抱琵琶半遮面"。由于每年冰雪封山的时间较长,喀纳斯只能在6月至9月方可接待游客。但在这短暂的四个月间,竟能吸引不下四十万的中外游客。当然,这在游客如织的中国,仍属于景色一流而游客不甚多的地方。

微微听了这一番介绍,庆幸自己碰到了难得的好运气。

到达喀纳斯,人们自然会先飞奔到湖边。站在湖畔,不过几秒钟,映入眼帘的鲜明图景便会使人感受到自然的力量与伟大。喀纳斯,从亘古款款走来,永远纯净、从容、活泼,令人不忍触碰,怕碰碎了这方美好。它不知疲倦、勇往直前地奔跑、歌唱,只有这样的世外净土才能有这般钟灵毓秀的神秘力量。

由远及近俯视,清朗无风,水平如镜。湖泊在浅绿、墨绿的色调中微妙变化,如少女的心事让人捉摸不定。依水傍山的松桦，鲜绿、浅绿、深绿、黄绿交错，涌动，绿意漫卷近山，直奔晴空。雪掩的远峰为澄蓝的高天勾勒出飘逸的曲线。静中轻动的是纯白的云、高翔的鹰。在这耀目的金光镀映下，凉风也熏染上了变幻的色彩，使平静的湖面漂动着明亮的涟漪。一切配合默契，画意自成。

最为奇妙的地方还在于，喀纳斯湖的颜色是一年两变的，这个变化以6月为临界点。6月以前是无色透明状态，6月以后则成了青玉般的淡绿。个中缘由，众说纷纭，但可以肯定，这是大自然的杰作，不是人力可比拟的。

晚饭后，太阳还未落山，鸽血红一般的余晖将景区晕染得如诗如画，兴致盎然的微微坚持要到湖边观景。路边有一间图瓦人开设的奇石店，我们进店随意浏览了一番，店中一直沉默不语的图瓦姑娘见我们迅疾出门，却无一人购物，便打趣道："这么晚了还去湖边？可要提防湖里有湖怪呀！"

这种说法其实也不是空穴来风。此前就不断有人宣称亲眼见过"湖怪"，还曾有游客从远处拍到它模糊的身影——长达数十米的黑色物体在湖中漫游，一时间更是将"湖怪"之说传得沸沸扬扬，神乎其神，令喀纳斯秘境又多了一重神秘底色，也由此成了喀纳斯湖送给人们的玄妙谜题。

喀纳斯当地的图瓦人，准确地说，应称其为蒙古族图瓦人，是蒙古族的一支古老的分支，在我国境内仅有两千多人，喀纳斯地区是他们的唯一聚居地。四百多年来，图瓦人在喀纳斯地区创造了丰富独特的人文景观，他们的生活方式充满了古老而原始的气息。在喀纳斯对图瓦民俗风情进行考察，是揭开图瓦人神秘面纱最难得的机会。但在图瓦人的民间传说中，喀纳斯湖中那巨大的怪兽，能腾云驾雾，常常吞食岸边的牛、羊、马匹。这类传说，从古到今，绵延不断。

当然，这样的传说，只能完全属于图瓦人。

潜心思量，这没有什么可奇怪，这仿佛已成为一个惯例。每到旅游旺季，除喀纳斯湖之外，苏格兰的尼斯湖，我国的长白山天池、四川的猎塔湖等地"水怪"出没的传说也会不绝于耳，却又始终扑朔迷离，难辨真伪。

其实，这所谓的"湖怪"，就是一种学名叫"哲罗鲑"的大红鱼，一般身长三米以上，最长的可达十米，体重有数百公斤。近年来，众多的游客和科学考察人员从山顶亲眼观察到的，几乎全是这种巨型大鱼，成群结队，掀波作浪。

但这里的人们的聪明之处就在于，不只会如实地述说神秘的现象，还会巧妙地保留谜底。这勾起了游客们的好奇心和悬念，使喀纳斯湖更具神秘感和朦胧美。

喀纳斯湖边的一座山顶上，人们搭建了巍峨的观景亭，当地人多称其为"观鱼台"，外观似木结构建筑，这里是游人们观赏湖景的最佳之处。

我们是清晨登上观鱼台的。

太阳高悬雪山之巅，为湖边笔直耸立的松树描绘了金边，又拉长了线影。车行到一定高度便不再向上，若要登上亭中，还有一千多级或木制或石砌的台阶，逶迤直达山顶的亭台。上下山顶，有两条主要的小道，两条主要小道又旁逸斜出些更小的便道，道旁草甸似毯，沟间溪流涓涓。举目四望，满坡的山花，姹紫嫣红，争相怒放，清香醉人。我们一行频频驻足留影，碧湖、白峰、花海尽收在镜头里，欢声笑语片刻漫山遍野，直向湖面而去。

见此情景，我略为惋惜。这一季节，已无缘欣赏更为妩媚的赤芍花了。

如果说远处白雪皑皑的友谊峰就像端坐的老人，那么，山顶上的观鱼台则像热恋中的青年，它们投向喀纳斯湖的亲切目光，简直是一种迷醉状态下的痴望。

似乎受到了感染，我们的目光追随着湖面飞驰的游艇掀起的白浪，看到清澈透明的喀纳斯湖露出了一丝笑容。而此刻，水中轻动的无尽涟漪，就是它那俏皮的笑纹。近处群山上遍布着的原始森林，棵棵浓翠欲滴的红松和绿中缀黄的桦树，就像坚实的屏障，忠实地守护着"静女其姝"般的喀纳斯湖。

这样的时刻，纵然访遍世间美景的人，也会不由倾倒于喀纳斯湖的魅力了。

我不禁浮想联翩。朱自清面对江南的一潭绿水——梅雨潭，天才地把它叫作"女儿绿"，若是有幸到得这里，只怕还会有更为惊艳的描述吧。

喀纳斯天高云淡，我悄声告诉微微："喀纳斯之夜的星星最美，雨过天晴后的云雾更是绝美。"历经了这一个晴好的白天，前些天夜晚曾出门看星星的微微很赞同我的话。临了要下山时，她突然嗔怪这天怎么不下场雨呢？我解释道："这是喀纳斯欢迎你再来而特意留下的一个伏笔。"

难得竟有一个曼妙的名字——喀纳斯，只与古希腊美神维纳斯有一字之别。告别喀纳斯湖的时候，微微的眼神因满储神秘的美丽而迷离了。◆

◇ 李佩红

我与哈巴河的源远流长

作者简介：

李佩红，女，汉族。中国作家协会会员，中国石油作家协会理事。在《人民日报》《读者》《中国作家》《光明日报》《西部》《绿洲》等报刊累计发表散文、小说70多万字。出版个人散文集《塔克拉玛干的月亮》。

未来可以设想，但不可预知。

1

哪怕到了知天命的年纪，也不能说你能预知明天。人生的路慢且长，有足够的时间培养灵魂和思想的花朵，然后走出家门，就能沿着一条正确的路前行。多年以后，你一定会惊讶，那些次第打开的人、事、山川风物及所包含空间的广度，都是一个人行为的回音和共鸣。看似偶然的事件和遭遇，无不暗藏着必然的结局，只是时间或早或晚，不要着急，遇见的总会遇见。如果始终心存美好，常在丽日光风之内，则天下自无可恶之人，你眼里的好就是好，你眼里的美就是美。

2020年，人类的不可一世被戴着花冠的微小病毒动摇。

为躲病毒，新疆人两次被困在家中，等到解封出门，一个季节悄然过去，另一个季节悄然降临。看来，大自然并不需要人类，这一严酷的事实加重了生的虚无，多少叫人有些无趣、无奈、无力，进而感到郁闷、沮丧。网络上，流行的祝福词是"活着就好"。寒冬将至,我也以为接下来的几个月自己会守在家,过一段清淡如水的日子。当接到出行电话的那一刻,我如重获新生和自由,以至于在满城黄金色的时候走在哈巴河边,像是走在做了又做的梦里。

也许是我吃下的无数个土豆中的一个,它锲而不舍地在我幽暗的身体里开凿隧道,穿越半个世纪的时光,借着我的肉身重返故乡,以便确认,那片土豆地是否还在。

2

确切地说,我是吃哈巴河土豆长大的。此话说出来可能会有人质疑,你既不是哈巴河人,也不在阿勒泰地区,你一个南疆库尔勒人,距哈巴河千余公里,八竿子打不着,咋能口出狂言。

我没说假话,听我细细道来。

我生长在克拉玛依,克拉玛依曾经除了石油什么也不生产,所有生活物资依托周边的地区。手握方向盘的长途司机,见得多了,吃得多了,自然知道哪里的东西好。克拉玛依人都流传着"小拐的大白菜、福海的鱼,哈巴河的土豆沙又糊"的顺口溜。阿尔泰山南麓、新疆西北边缘属高寒气候,适合土豆、黄萝卜等耐寒物种生长。哈巴河土豆,不像现在上化肥、农药的土豆,长得张牙舞爪,大得吓人。从哈巴河出产的土豆,如刚走出家门的小姑娘,拘谨、内向、沉稳,土豆不大,却个个圆溜溜的,饱满如鹅卵石。在哈巴河种出的土豆少虫害,很少见被虫啃咬得面目全非的土豆,唯

一缺点是表皮儿不光滑,麻黄色。这一特点使得哈巴河土豆具有很高的辨识度。

哈巴河这个地名,从我儿时起就耳熟能详,哈巴河像是未谋面的远方亲戚,我却年年吃着亲戚种的土豆。也因寒冷,哈巴河土豆比其他地方的土豆成熟得晚,"十一"前后才陆续运抵克拉玛依。听说哈巴河土豆到货,克拉玛依人对口袋里的钱绝不吝啬,买来用麻袋装,是一麻袋装五六十公斤的那种装法。二十世纪六七十年代,土豆也真便宜,一两角钱一公斤。买上几麻袋放到菜窖里,加上大白菜和萝卜,整个秋冬不愁没菜吃。哈巴河土豆肉质微黄、绵软。咀嚼时,舌尖儿能感觉出其极细如沙粒状,味道醇厚有微微甜味儿。做土豆吃不计较油多油少,无论做土豆泥、炒土豆丝、土豆条、炖土豆块,或蒸整个土豆,咋做都好吃。缺油少肉的年代,哈巴河土豆深受克拉玛依人喜爱。

小时候,我最爱吃烤土豆。冬天睡觉前,把几个小土豆埋进炉灰里,第二天早晨上学前,从炉灰里扒出来,土豆外皮金黄焦脆,一路上拿着热乎乎的土豆,哪怕下雪刮风,也不觉得手冷。到了学校看谁顺眼,就和谁分享。吃着又沙又绵的土豆,傻傻地笑着,聊自以为有趣儿的事,肚子喂饱了,上课的时间也到了。土豆考验着女同学之间阴晴不定的友情,我也在这土豆的滋养和书本的滋养中一天一天长大。

我哪儿知道原产安第斯山区和智利沿海山地的土豆,是当地印第安人的主要食物,更不知道它是怎样从美洲传入中国的,没人给我讲土豆的营养价值。在医院工作

的母亲也不知道土豆还有个名字叫"马铃薯",有些人把土豆叫"洋芋"。其实叫什么、从哪儿来不重要,重要的是,正在长身体的我吃了很多土豆之后,身体发育得和土豆一样结实。

3

有关哈巴河的故事多半来自司机。

许多年过去,有些事情变得模糊,而当时认为不堪的往事,经岁月的光照,显出了温情的一面。

当年,父亲在克拉玛依很吃香的单位的运输处担任领导,这个有着万余职工的大单位,担负克拉玛依生产、生活所有物资的运输。父亲爱结交朋友,到我家串门的司机络绎不绝。一些人我根本不记得他们长什么样、叫什么名。奇怪的是,我清清楚楚地记得他们的外号,如王大头、菜包子、大麻脸、豁牙子……这些外号在父亲的嘴里发扬光大。其中,有一位叫大金牙的叔叔,总在父亲派车去哈巴河县拉土豆的前几天到我家,时间卡得跟候鸟一样准确。大金牙的外号是后来才有的,大金牙的金牙也是后来才镶的。大金牙个不高,敦实,一张上窄下宽的鸭梨脸,鼻塌嘴阔,嘴唇厚而短,略微龅牙,两颗宽阔的门牙,不装金牙已够突出,装上两颗光芒四射的金牙,把眼睛的光完全遮蔽了。

大金牙每次来我家,还没看清人,两颗金牙先闪进来。

他进门也不多言,冲我父母一笑。母亲看到他,一甩帘子进了里屋,一点儿面子

也不给他。父亲的态度则相反,让座,倒水,笑脸相迎。

"还是'老三样'?"父亲问。

"嗯。"

"打好招呼,我告诉你。"

"谢谢!"

接下来,寒暄几句,大金牙便告辞。

父母截然不同的态度,引起我的好奇。只要他来我家,我都会竖起耳朵想尽办法偷听他和父亲的谈话,最终摸清了事情的来龙去脉。

一年深秋,大金牙去哈巴河拉土豆,那个时候他还没安金牙,三十郎当岁,人也精神。将土豆装上车,往回走时,突降暴风雪,气温骤降到-20℃以下,看不清路面,车打滑冲进沟里,人和土豆没事儿,可是车上不来了。大金牙在车里守了一天,路上始终见不到个车影,一天没吃饭,又冻又饿,点着喷灯烤火,夜里不敢睡觉,怕不小心着火。那个年代,还没发明汽车暖气,冬天出车得穿很厚的毡筒和羊皮大衣。几乎每年冬天都有冻死或冻伤的司机。所以司机出门都会装上一两瓶烈酒,遇到汽车趴窝就喝酒暖身。出门时,大金牙特意带了件黄军大衣,实在冻得受不了,围着汽车转圈跑。坚持到第二天下午,大金牙已经快失去知觉了,他觉得自己要死了。不像现在有手机可以随时求救,那个时候没有手机,他手头上连一支笔也没有,他想写个遗嘱都找不到一片纸,眼看落日黄昏到来,他做好了死的准备。突然他听到公路上传来羊的"咩咩"声,他努力地睁开双眼望向窗外,见一个骑马的牧民跟在羊群的后

面,他摇下玻璃,拼尽全力地喊"救命"。这之后的事他就不记得了,直到第三天的中午醒来,他发现自己躺在哈萨克族牧民毡房中,一张有着两坨高原红的脸,微笑着迎上来,手里端着一杯氤氲着热气的奶茶。

4

大金牙回到单位受到了处分,原因是他拉的一车土豆全冻坏了,国家财产蒙受了损失。

队领导以他两个小脚趾冻伤为由,不让他开车了,安排他去修理车间。第二年秋天,他到我家,求我父亲安排他去哈巴河拉土豆。

父亲很为难,答应帮他说说情。

大金牙如期去了哈巴河,回来后特意给我家送来一袋子土豆。这些土豆显然是经过精挑细选的,大小均匀,无一处伤痕。大金牙不知听谁说我父亲的战友在商业局工作,此后几年,年年秋天求我父亲帮他买糖、茶和酒。凭票供应的年代这三样东西,要找领导批条子才能买到。

一次他们两口子打架,他老婆找到我家大哭大闹,劝走了大金牙的老婆,父亲把大金牙叫来。

父亲让他交代和哈萨克族女人到底有没有那事?

"没,真没。"

"那你那两颗大金牙咋回事?"

"我也是后来才知道,那个哈萨克族女人的男人救了我,不是那个哈萨克族女人。怕我冻伤,他俩把我抬到雪窝子里,脱

去衣服,用雪把我全身上下搓热以后抬进毡房。人家是刚结婚不久的小夫妻,怕我冷,把他家仅有的两床被子全盖在了我身上,他们俩穿着羊皮袄睡觉。我向毛主席保证,绝对不是传说中的那样——女人用身子给我焐热的。真是那样,凭艾克拜尔的性格,他不把我打死才怪。艾克拜尔是她男人。哈巴河冬天滴水成冰,需要喝酒御寒,边界地区生活艰难,茶和糖对他们很重要。你说我这点东西能换来一条命吗?也巧,第二年秋天我去拉土豆时,赶上哈萨克族女人生孩子,难不难产我也不懂,反正她肚子疼得厉害,她丈夫放羊不在家,我用车把她送去了医院,在医院生下第一个儿子米吉提。他男人为了感谢我,给了一只羊,又给我一些碎金子。他告诉我,哈巴河山里有金矿,口里偷偷来淘金子的人很多,金子是他放牧的时候捡的。我想打个戒指不合适,放在家里怕丢了,干脆做了金牙,时刻提醒自己不忘救命之恩。"

"从克拉玛依到哈巴河,天明出发,天黑才到,你年年要求去,你老婆难免怀疑。"

"老话不是说嘛,滴水之恩当涌泉相报,他们救了我的命,是大恩大德,一年只去一回不多。我当时要是死了,我老婆孩子不就成孤儿寡母了吗?谁来养活?"

"为啥不跟你老婆说清楚,看你的脸被老婆抓的血道道,多丢人。"

"我和她说不清楚,越解释她越不信。她眼睛小,嫌我们自己舍不得吃,全给哈萨克族女人,所以怀疑我有外心。"

"看在四个孩子的分上,回去给老婆赔个礼,道个歉,该干啥干啥去。"

"嗯。"

…………

他俩的谈话，被假装在一边写作业的我听得清清楚楚。父亲送大金牙出门，对母亲说，大金牙真是个实在人。

母亲反唇相讥，听他一面之词，谁知道是真是假。

大金牙也是命苦，刚改革开放时就死了，是胃癌。大金牙去世后几年，他老婆偶尔会到我家对我父亲诉苦。大概是二十世纪八十年代初，那位哈萨克族男人往乌鲁木齐拉运羊皮，路过克拉玛依，专程去运输处打听大金牙，找到了大金牙的家，给大金牙的老婆送了两只活羊。这件事轰动了整个运输处，那之后，大金牙的老婆像变了一个人，沉默少言，郁郁寡欢。没几年，听说大金牙的老婆也死了。

写这篇文章，我特意打电话给母亲。问大金牙和哈巴河土豆的事，想必母亲比我记得更清楚更详细。没想到小脑已萎缩的母亲说，她全都不记得了。能将事情说清楚的人好像已经没了。岁月无情，记忆随着记忆者的流逝而流逝，然而，发生在哈巴河土地上的人和事，如炭火般仍在我心里保有余温。

5

那些年，哈巴河人种下土豆苗，浇水，施肥，除草，用土豆养活了我。到达哈巴河，很想去看看哈巴河的土豆地。当地人告诉我现在在哈巴河很少种土豆，现在的经济作物是葵花籽。在交通迅捷的当下，只需一个指令，全世界的各种生活物资瞬间通达，再不会像从前那样，对某个地方的一种食物建立长久的联系和依赖。时代变了，一切都变了。看不到哈巴河的土豆地，我不免有些失落。但是，也有让我振奋的地方，那便是额尔齐斯河，我这个溯流而上的"土豆"，最终望见了魂牵梦绕的河流。早在几十年前，土豆饮下这条伟大河流的水，一年一年在我的身体里掀起潮汐，至今仍能听到它的隐约耳语。

安静地伫立在它的身边，不需要语言。

晚秋的哈巴河，白桦树映满神秘的眼睛，红枫点燃了天空，沙棘如漫山遍野怒放的焰火，植被丰茂，丘陵柔美起伏，原野平阔，还有成熟的向日葵、闲散的牛羊、灰色调的房屋、远处的雪山、变幻莫测的云、弯弯曲曲的土路、毡房、哈萨克族居民……阳光用大板刷涂抹明丽的色调，远风吹处，碧空倒映，气势磅礴而又简约细致，真实而又虚幻，陌生而又那么熟悉，像回到久别的故乡。

在漫长的时光里，作为河流本身，额尔齐斯河和克拉玛依没有交集，这条发源于阿尔泰山南麓东段一路向西，横穿整个阿勒泰地区，沿途汇入克兰河、布尔津河、哈巴河等之后，进入哈萨克斯坦，汇入斋桑泊后一路向北，最终流入北冰洋。在2005年的某个历史时刻，克拉玛依人的目光再次投向这片广袤大地。额尔齐斯河伸出温柔的手臂，轻轻地把哈巴河、克拉玛依及我环抱于怀，在戈壁滩上延伸出水的彼岸，用一腔柔情暖热一座城的绿意，从此，额尔齐斯河成了我最亲的母亲河。◆

◇
濮 颖

濮颖散文二题

作者简介:

濮颖,女,江苏高邮人。作家,心理咨询师,鲁迅文学院第十三期网络现实题材班学员。汪曾祺少儿文学院专职指导老师。出版长篇小说、短篇小说集、散文集各1部。作品散见于《西部》《湖南文学》《当代小说》《鸭绿江》《江河文学》《散文选刊》等。

即将消失的村庄

苏北平原的村庄大体都是一样的。一律的灰墙灰瓦,一样的茅舍篱笆,就连喇叭花都开着差不多的颜色,浅紫、粉蓝,缠绕着参差不齐的灌木丛,于是那一片有些晦暗的阴影里就有了几多动人的色彩。村里的树木很多,除了绿色还是绿色,只有洋槐,一到春天就开出一串串白色的花,在花开到花谢的日子里,村庄是甜蜜的。

都知道槐花可以酿成蜂蜜,还可以做饼。槐花蜜我吃过,那是远方的朋友捎来的礼物,也叫白蜂蜜,听说比起紫云英蜂蜜的格调要高许多。但是,我终究没有见过槐花盛开的季节,有养蜂人来过我们的村庄,也没见过谁家用槐花做烙饼。雪白的槐花就这么静静坠在枝头。人们来来去去,好像不见它的存在。风起的时候,香气会飘到很远的地方。一场雨后,槐花就落了,房前屋后满地都是。

我爷爷的祖屋在全村最东首的最高处,站在门前,可以看到好多人家低矮的屋檐。我最喜欢看雨后的那片片白花零散地落在有些苍凉的灰瓦上。屋檐下滴着雨水,低矮的灰云倒映在河塘里,小小年纪的我竟也会莫名地生出一些伤感,或叫作惆怅的情绪来。

一年四季，阳光都是先从爷爷家门前经过。斑驳的光影移动着、跳跃着，鸡舍与猪圈也随之亮堂起来。最东边的那堵泥土墙是最先照射到阳光的，也最温热。听奶奶说，幼年的我长期腹泻，看过多少医生不见好，后来是一位老中医开了几服药，其中的药引就是刮下终年第一块被阳光照射的土屑，用贴身的小衣服包起来，放在我的肚脐眼上，这才治好了我的小儿腹泻。直到现在，我的印象里总有那么一个四围寂静的村庄，在东首高墩上有一座农舍，阳光下有一堵黄泥土墙，还有清晨的第一缕阳光。

村庄的夜晚也是美好的，尤其是有月亮的晚上。那时的月光与现在的月光不尽相同，白晃晃的近似于透明，甚至感觉耀眼，却又不似阳光般炽热。我最喜欢在月光下行走，从来不肯相信奶奶说"晒月亮"也会将皮肤晒黑。后来，我真的就有了小麦一样的肤色，还零星地散落着褐色的斑点。尽管有人说过，这些斑点就像一泓清丽的水面上零星漂散着的几片浮萍，仿佛只有这样才能显示出不同的景致，我还是会用遮瑕粉底去掩盖，就像如今的村庄，总要用混凝土将呼吸着自由空气的黑土地涂抹起来一样，生硬冰冷却总以为是一种很现代的时髦。

在我离开后的几十年里，村庄究竟是怎么变化的，我不曾知道。我只有在每年清明时节，跟随着家人去祖父母的坟头祭奠才回到老家。来来回回的两三个小时里，我只能在外围看一眼村庄的轮廓，以及那一片开在春风里的金灿灿的油菜花。印象中的村庄一年一年地缩小，就像经水的棉布，连颜色也越发浅淡了。所幸的是，那种曾经的味道与色彩还有几分印在村外的柳树与桃枝上，不曾褪色。

村庄从东到西呈坡状。东首最高，西边最低。东西之间有三四条小巷，弯弯扭扭地伸向村庄的腹地。家家户户因此相互沟通交错，显得热闹欢腾。下雨天，泥泞的路面滑滑的。除了喜欢把脚套进那大大小小深浅不一的脚印里，我最喜欢在雨天挑"寒蛇"，就是那些随处可见的、扭动着身体的蚯蚓。说也奇怪，我从小就怕小动物，尤其是软体的，可就是不害怕这一种。我时常会用一根小树枝将它挑起来，去观察它几近透明的身体。青黑色的、红色的，我把挑起来的"寒蛇"装进一只瓦瓮里，那是大宝他们的鱼饵。钓鱼的时候，他会用弯弯的鱼钩穿起这团软软的东西，我兴奋得围着鱼竿直跳。我也曾将它的身体切断，然后蹲在地上，看它左右扭动，但是我从没发现它们自己将自己的身体接起来，也没有看到过被切断了的地方又长出一截。我断定那是我爷爷骗我的。长大后才知道，这是一件很残忍的事情。内心的自责与不安随时会像潮水一般袭来。终于有一天，我将我的苦痛告诉一个朋友。他安慰我："所有的胎生、卵生、湿生、化生总要经历各种磨难与痛苦，而后才能通三世，经六道。你我何尝不是一样？"我似懂非懂，却也就此平静下来。如今的村庄里难得再见到"寒蛇"了，粗劣的水泥路面下覆盖了多少弱小的生命我不得而知。但是我知道，它们为此受了善业，一定可以感召善果。

我曾经在《童年记事》里写过门前的野枣树。其实何止是爷爷家的门前，几乎各家的门前都有。听说这些年很多树木都被砍了。那些曾经茂盛的树木都因为村庄的凋敝不再枝繁叶茂，所以被当作了生火的材料。我只觉可惜。奶奶说，人是屋的胆，树是人的魂。人走了，屋破了，树自然就被砍了，否则生阴气。但是我终于还是见到村西头的那株高大的桂花树了。这让我感到欣喜，也有点兴奋。因为在我心里，这是全村唯一的一株最具浪漫色彩的树木。树旁也是我弟弟小时候说书的地方。至今我都清晰地记得我五岁的弟弟在这棵高大的桂花树下给一群猴孩子讲《杨家将》与《岳飞传》，像模像样。我爷爷则站在不起眼的角落里，眯着眼睛，张大嘴巴，满脸含笑，远远地看着他的孙儿。我则喜欢我爷爷给我讲后羿射日、嫦娥奔月的故事，一遍又一遍。后来，只要有圆月的晚上，我总会躲在门前老槐树的枝丫缝里看月亮。看月亮里的黑影，那是吴刚要砍的桂花树；看月亮边上的云朵，那是嫦娥舒展的衣袖；看零散的星星，那是嫦娥飞天时散落的佩环。我惊讶于自己的想象力。我把这些都讲给小朋友听，换来的大都是嘲笑。更有小朋友质疑我的说法，他说那些星星是后羿射月后落下的箭头。我也嘲笑他："后羿只会射日，没听说过射月。"他仰头看着我："后羿一定要射落月亮，他不能把嫦娥一个人放在月亮里头。"我竟无语以对。后来，我时常想，对呀，后羿既然能够射下九个太阳，为什么就射不下一个月亮？他难道就忍心让自己心爱的女人永远住在那个寂寞的广寒宫里？这个想法存于我的心中，一直不能释怀。都说桂花的香气是荤的，我却喜欢那种荤厚浓郁的香气。秋风一吹，村庄就因桂花的香味滋养出欢喜的气息。桂花不似槐花，村里人是擅于用来做吃食的。一律是洗净晾干用白糖腌制，到了冬至或过年，就会用它与荤油搅拌在一起做馅，裹在糯米粉里搓成大圆子。这在当时的村庄，就是至高无上的美味。这是全村人味觉的入口，它刺激并熨帖着男女老少因为食物的匮乏而倍觉敏感的胃。孩子们经常在这棵桂花树下游戏，无非就是推推搡搡、拉拉扯扯。桂英就在这棵桂花树下嬉闹时用一柄黢亮的灰叉刺破我弟弟的右腿，然后吓得躲在村南头的牛棚里好几天不敢回家。

我不知道桂英是不是生在桂花盛开的季节。但她确实是在桂花开的时候嫁人的，嫁到了繁华的江南。她嫁人的时候我早已离开了村庄。听说男方来的彩礼不少，排场也大，村里人都觉得自己的脸上特别有光彩。接下来的日子里，我断断续续地得知村里的姐妹们一个个都嫁了过去。那时，祖父母还在，家里常常有来村里的亲戚或庄邻，每次来大都是因为看病来我家落个脚。祖父母盛情招待，他们却极少留饭。来来去去，却总不忘捎来一些蔬菜和豆角，还有十几枚装在鞋盒里用稻壳包着的、自己舍不得吃的鸡蛋。他们也会带来村庄的消息，除了生老病死就是当年的收成，还有各家各户的悲欢离合。曾经的那段日子里我经常困惑一个问题，那些生活在天堂里的男人怎么就看上了苏北农村只会干农活的姑娘？后来我又得知那些都是生活在城市底层的人，蜗居在都市繁华的某一个角落。他们没有固定的工作，家里兄弟姐妹众多，家庭关系也复杂。从村里人的口气里我隐约地听出了担心和不舍，直到后来也才觉得这些担心是多余的。那些从村庄里走进大城市的姑娘都在异乡站稳了脚跟，生养了儿女。她们的儿女已经彻底与这个村庄切割，成了地地道道的、操着一口纯粹流利的江南方言的城市人。这座村庄留给他们的，除了原始、落后与贫穷，就是母亲电话里的那一头夹杂着土气的乡音。

村庄确实小了很多。河流、树木、房屋、道路、桥梁，还有炊烟。在我的记忆里，村庄是热闹的。村民，五谷与六畜滋养了村庄的灵魂，村庄因此才有了匀畅的呼吸与跳动的脉搏。每当夕阳西下，家家户户烟囱里的炊烟掺和着青草的气息就会飘散开来。这幅图画一般的场景总是让童年的我从心头升起一种莫名的感动，也让幼小的我深深感受到"烟火"与"人家"才是最妥的贴合。这种情结一直滋养着我，直到现在，我依旧执着于"不生烟火何谓人家"的信念。而这场景总能让我想起小年夜送灶。我觉得这大约是村庄所有祭祀活动里最贴近生活的一种仪式，以至于我至今还记得这个仪式的过程，以及"上天言好事，下界保平安"的祝祷。可是当村庄不再有炊烟、灶台的时候，村民们心中的灶王爷又会落在什么地方？就像村庄周围的蔬菜瓜果大棚，不需要见到阳光雨露，也不需要经历四季的轮回？工业化生产就像一把锋利的刀片，将漫长复杂的过程切割，也切断了我们的思想和村庄的灵魂。我总是贪恋自然生长的菜蔬，就像当年的村庄上的菜园，除了一圈篱笆，没有任何的掩盖，跟我的村庄一样，经历风霜雨露、四季更替。月白风

清的夜晚，满垄的菜蔬和古老的村庄一起在月光下休眠。农人不知道什么是岁月静好，只知道晓梦香甜。

最近的一次回村庄当然还是今年的清明节。跟以往没有什么两样。车子开过村西头的那座石板桥便停在一处相对空旷的地方。前些年每次祭扫完毕，我们都会随父母到村里走走看看。这几年不再进村。村里早没有了年轻人，大多人家搬去了新庄台上，留下几处破壁残垣和一群不想离开抑或无法离开的老人。唯有过年时，破旧门桄上悬贴的鲜红的门笺才显出一点儿生机，但到底还是破落荒凉得不见烟火。听人说，要迁祖父母的坟了，跟所有的坟茔一样要迁移到几里外的公墓去。随着一起迁移的还有这座村庄的活人，他们要搬到新庄台上去，过一种全新的、城市化的生活。这里要开辟一条宽阔的马路，还要挖一条深邃的大河。眼前的这座村庄很快就要消失了。如果说让我们依旧感觉村庄存在着，就是炊烟与坟墓。炊烟是活人的入口，坟墓则是村庄最后的坚守。如今的村庄已然没有了炊烟，可终究还有那片矗立的坟墓存在，它们在风霜雨雪中寂寞了一年又一年、一代又一代，那是留给后人回归的理由，以至于不让后人忘却。可如今，最后的入口也将不复存在，我们将彻彻底底、完完全全地忘记这里，留下的是无尽的乡愁与刻骨的铭记。

甄家小院

甄家小院坐落在梨花巷的南首，院门朝西。院墙不高，灰暗的墙面由于岁月久

远早已斑驳不清，还裂开了数条细缝，倒是将缀在墙面上的青苔衬托得越发青翠。

都说甄家院子里人少畜类多，除了甄明道和甄蓉父女俩，剩下的是一只黑狗、一只白猫，还有一群肥嘟嘟的老母鸡。

甄明道五短身材，短颈项，圆下巴，癞痢头，油光满面，肚子挺得高高的，一年四季上衣的下摆总是敞着，在风里飘来飘去。他的左腋下夹着一只褐色的、拉链处早已翻出内衬的公文包，脚下的皮鞋似乎也不是很合脚，老远就听到"嗒啦嗒啦"的声音。要不是听见有人叫一声"甄大夫"，大家都以为他是哪个厨房里跑出来的伙夫。

甄蓉却没有一点儿遗传自她的父亲，生得小巧玲珑，小嘴巴像樱桃，眼珠子像星星。出门遇到阳光刺眼的时候她会将眼睛眯起来，很妩媚。甄蓉喜欢白猫，冬天太阳好的时候，她常常将白猫抱在腿上，坐在院门口晒太阳，她眯着眼睛，猫也眯着眼睛。那只黑狗就蜷在椅子脚下，一动不动。甄家的院门就这么大开着，可以看得见院中的一株老蜡梅。老蜡梅枝干遒劲，一到冬天，芬芳满枝，整条梨花巷都能闻得到香气。梨花巷的老人碰面时互相照应："保重啊！天冷啦！甄家的梅花都开了。"

甄蓉不怕冷，冬天也是单衣薄衫。薄薄的小袄是北头一人巷的徐师傅做的，不长不短，不肥不瘦，恰到好处地将她的纤腰凸显。有人问梨花巷的老人，甄蓉的长相是不是随她妈。老人们直摇头说："不像，不像。""那是为啥？""为啥？坏稻剥好米。"

甄家院子里除了老蜡梅，还有栀子花、凤仙花、晚饭花、玉兰花。东南角上还有一块小菜地。甄大夫用碎砖头将四周围起来，像模像样。每天天不亮，甄家院子里就会传来老母鸡的"咯咯"声，还有几声犬吠。夏天各色花都开了，香气扑鼻。小菜地也热闹起来，紫茵茵的茄子、绿油油的青菜，丝瓜会溜到墙外去。邻居一大早就叫甄家的门："甄大夫，你家丝瓜要摘了。"甄大夫坐在堂屋里的四方桌上就着咸菜喝稀饭，嘴里含糊不清地回道："你们摘，家里吃不完。"甄蓉正在一棵栀子树下刷牙，听到声音便向门外瞟一眼。她好像跟牙有仇似的，力气用得大，时间刷得长，头不停地甩来甩去。她的牙很白，像贝壳。

甄大夫不是科班出身，他是在那个"广阔天地"里学的医，当了很多年的赤脚医生，后来回城进了县医院。开始的时候，甄大夫坐诊时来就诊的人还不少，后来甄大夫的对面来了个黄大夫，某名牌医科大学毕业，著名专家教授。甄大夫这边就诊的人明显少了。黄大夫戴眼镜，白净高挑，一双手伸出来像藕钻子，嫩生生的，女人见了都自愧不如。他写处方的时候眼睛盯着处方笺，一张笺纸上密密麻麻写满字，不够写的时候还在边上的空白处添添划划。就诊的人的眼睛盯着黄大夫的手，甄大夫的眼睛就盯着天花板。黄大夫很礼貌，每次就诊的人走后，都会朝甄大夫点个头，笑一笑，甄大夫也客气地朝他点点头。

甄蓉中专毕业后，一时找不到合适的工作，成天待在家里。这便成了甄大夫的一块心病。后来医院内部有几个照顾名额，甄蓉要父亲给她找找人，将来也想做个大夫。甄大夫头摇得像拨浪鼓："凡事靠自己，再说医生这一行不比其他，将就不得，人命关天！"

甄蓉学的是财会专业，也就进了百货公司做了一名会计。眼看别人家的孩子都做了护士，有的成了进修医生，甄大夫面对满脸怨气的甄蓉还是那句话："听我的，没错！"

黄大夫出事了。他垂涎于一个女医药代表的美色和丰厚的回扣，进了一批假药，造成严重后果。出事后的黄大夫被罚款退赔，吊销了行医资格，还关了两年监狱。这期间全医院只有甄大夫一个人去看过他。有人在指责黄大夫品行的同时开始怀疑黄大夫的医术，甄大夫拿起积满茶垢的大茶缸，"咕咚咕咚"喝了几口水，抹抹嘴说："一码归一码。"

黄大夫出事后，甄大夫的门诊就诊的人又多了起来。甄大夫还跟从前一样，不喜不嗔。许多黄大夫就诊的人曾经将对甄大夫不屑一顾的情绪放在脸上。甄大夫好像什么都不知道，依旧认真看病。有的就诊的人忍不住提起黄大夫真是知人知面不知心，甄大夫摇摇手："看病，不讲其他。"有人忍不住又对甄大夫说："那黄大夫背后说你是赤脚医生，是兽医……"甄大夫还是摇摇手："看病，不说闲话。"

梨花巷的邻居离不开甄大夫，有什么头疼脑热的，只要说一声，不管刮风下雨、天寒地冻，甄大夫都会去屋里瞧一眼。那个翻了内衬的旧包里塞满了常备药。梨花巷有几位鳏寡老人，甄大夫隔三差五去看他们。其中一个是老烂腿，到了夏天病重得尤其厉害。西南风一吹，屋子里腥臭的气味就传到巷子里，路过的人捏着鼻子捂着嘴，逃似的离开。甄大夫倒是不怕，给老人换药清洗的时候连口罩都不戴。他说戴了口罩说话不清楚，老人年纪大了耳朵背。

每每这时，甄蓉会站在她家对面老虎灶上充水，她将两张水筹子放到灶角上的那只搪瓷缸里，静静地站在一旁等水开。等到水瓶充满后，一手提一只水瓶直往老烂腿家走去。谁也不知道甄大夫给老人洗的、涂的、吃的药，都是从自己口袋里掏钱买的。

甄蓉谈对象了，男孩子竟然是黄大夫的儿子。甄大夫知道后几天都阴沉着脸。甄蓉以为没戏了，找谁不好，找了父亲对头的儿子，这个父亲还坐过牢。

那天中秋节前，甄大夫对甄蓉说："明天中秋，你把小黄叫到家里来。"甄蓉以为听错了："你同意了？"甄大夫喝了一口茶："家长什么都可以包办，唯独婚姻大事不能包办。工作上的事你听了我的，如今婚姻大事你自己做主。"甄蓉笑出了眼泪。

小黄也是大夫，正儿八经医学院的高才生。甄大夫见到小黄的时候，说了一句甄蓉从来没有听过的文绉绉的话："记住，凡事要讲德，无德之人不足以待。"

甄蓉考了注册会计师，出嫁后辞去了百货公司的工作随着丈夫去了上海。甄家小院里就剩下甄大夫一个人了。再后来，甄大夫死了，甄家小院拆了，梨花巷不复存在，变成了怡心河风景区。甄家的那株老蜡梅保留了下来，一到冬天，依旧花香十里。老梨花巷的人休息日常常来这里逛逛，看到那株老蜡梅倍感亲切："蜡梅，甄家的老蜡梅。"每到蜡梅花开的时候，甄蓉都会从上海回来，剪一束梅花去看她的父亲。百货公司变成了超级市场。这个小城高楼林立，完全变了模样。

很多人都老了。◆

◇
杨建英

暖冬

作者简介：

杨建英，男，北京人。中国散文协会会员，中国报告文学学会会员，新疆作家协会会员，曾任新疆阿勒泰地区文联副主席。作品散见于《文艺报》《散文百家》《人民日报》《光明日报》《美丽乡村》等报刊。曾出版散文集《老山城》《那当儿》，随笔集《山城密码》，报告文学集《新疆脊梁》。

一

看来今年这个雪是死活下不来了。

下不来就下不来吧。大雪拥城，凿冰铲雪、路滑摔跤也够烦的。可是，不下雪呢？明年水少草场枯萎、禾苗不生，人无粮、畜缺料——更烦！

像恭候一位每年都会如期而至的老朋友，结果今年是左等不来，右等不到，心里的那份失落感甭提多难受了。人们说今年是暖冬！

暖冬竟是这么个"暖"法，我有些想不通。

我的理解——再暖的冬天也应该有冬的样子！该下雪，下雪；该结冰，结冰。去年，将军山滑雪场一群滑雪的"熊孩子"热得不行，后来把上身的衣服都脱了，光着膀子在厚厚的野雪上"光猪"飞驰，说那年是暖冬，我信！

可今年这个情况算是怎么个意思呢？天，溜光水滑湛蓝无比；地，肃然空阔泛黄萌绿。像一对光鲜体健的小夫妻，结婚多年就是不生养，令人焦灼不已。

一切好像都没问题。大自然按照既定的规律缜密前行。

入冬的时候，实实在在地飘过两场"款式肥大"的雪。似棉扯絮，像极了冬季雪花订货会的广告片。山城人站在雪中发出会心的微笑。像繁杂的心事纷纷坠落，该卸下的就卸下，该说出来的就痛痛快快地说出来，该喝下去的就一仰脖喝下去，没必要遮遮掩掩、叽叽歪歪……

人是这样，大自然就更没问题了。

山，早早熄灭了满身青绿，让洁白的雪没有杂色干扰，更加洁白。

河道,收紧了腰身,空出宽阔的河床让雪安然静卧,只留一束清凉的水流低声下气地悄然流逝。

树,一入秋就抓紧剥落满身的金叶。山城无风,这些树叶大都不是风吹落的,而是自己咬断的。随便捡拾一片落叶就会看到,瘦筋筋的叶茎根部圆形的吸盘里密匝匝排列着纤细的脉管,它们像是被刀斩断的一样整齐划一。

这是树的决绝!

这些落叶啊,初春萌芽抽叶,深春捻然绽开,当它们睁开初萌生于人世的双眼看到那顾长壮硕的主干,仿佛找到了一生可以偎依的胸膛,整整一个春天、一个夏天,它们笑呀、跳呀、欢呼呀、泪奔呀,即使在没有风的日子里,它们也会骤然欢腾使得那僵硬冷峻的躯体变得柔软,渗出一丝笑意。

接着,秋来了。

秋好像从来不曾有过,它只是冬的前奏。秋风充满凉意,秋雨就是雪水。树忽然变得烦躁不安,一场不大的风都可以使它抓狂。诸多的叶子忍受不了这份莫名的冷躁,终于在一个飘雨的夜晚一起咬断叶柄,之后,义无反顾地跌落进黑暗的深渊,泪流满面。

那才是一场真正的雪呀! 纷纷扬扬,漫山遍野。

任何一次飘落都源于一种遗弃与背叛!

二

初冬的清晨,我走出巷口看到街边停满了车辆,我以为这是谁家发丧的车队。结果看到这些车都朝向街口那家平日"半死不活"的汽车修理店。一问才知,这是在等着更换冬季的雪地轮胎。

哦,冬天汽车也要换鞋。

我也该换鞋了。我想起自己的那双已经穿了3个年头的皮鞋。没走形、没破损,还很跟脚。去年春天脱下,在鞋面打上了一层厚厚的鞋油,鞋里塞满报纸,之后,装进鞋盒,放在阳台的一个角落里。

回到家我就找,结果翻遍了阳台还是没找到。

咦,真是"鞋门儿"了! 我问老婆,我鞋哪去了? 她想了想说,好像6月清理阳台时让一个收废品的弄走了一堆东西。

我绝望地仰躺到沙发上,天啊,又是收废品的!

我想起刚结婚时的一档子事。

有次中午下班回家,刚进楼门就看到一个收废品的提着一大捆书报下楼,我知道这是我家的。在他与我擦身而过时,我看到那捆书中露出两本红皮本,紧急叫停,抽出一看,傻眼了——我的结婚证。

我说:"这个可不能给你!"

他说:"这是刚刚收购的!"

我说:"这是我爱情的见证!"

他说:"我付过钱的——买的!"

我说:"爱情不是你想买,想买就能买!"

我被我的"二货"老婆气得半死,我怀疑说不定哪天她会让收废品的把我也收走。

见我气得半死,老婆安慰我说:"旧的不去,新的不来!"

接下来,我以为她会说给我买双新鞋,没想到她说:"你现在脚上这双保暖鞋就不错,今年是暖冬,凑合凑合就过去了……"

嘿! 按照鲁迅的说法,我已出离愤怒了,不是因为老婆而是这该死的天气。

是谁只用抬升一两个刻度的温情就敷

衍了我的生活？

又是谁用几句"花言巧语"般的软话蒙骗了我的感情？

暖冬惹的祸还不止于此。

有好长一段时间了，我听不到隔壁单元与我家一墙之隔的那对夫妻的吵闹声。直到有一天下班回家，看到楼下停着一辆大车。那对夫妻的女主人正招呼一些人往上搬东西，之后，绝尘而去。我问了一旁看呆的邻居们才知道：他们离婚了。邻居们议论说："秋天他们就办了离婚，之所以没分开是因为女方有套房子刚交工，水暖还没调试好，就暂时住在一起。"据说民政部门的打算：想让他们再相处一冬，让这份冲动的情感凉一凉，所以就暂时没办证。可谁知今冬是暖冬，女主人说："搞个散热器一个冬天怎么也能对付下来了。"于是……

回到家，我的情绪相当低落。我不知道有多少对夫妻是因为寒冬走到一起的。可我就是！

十多年前深秋的夜晚，我和爱人相依在街心公园的长椅上，寒风吹彻。

她说："冬天要来了。"

我说："我们一起过吧！"

三

初冬的那场雪下到街上的都化了，落到山上的都留了下来，沿山脊白白的一圈勾勒出冬的轮廓，像是冬天这个宏大的工程在这块地皮上画好的施工线。

山城三面环山，山外的人抬眼望到覆雪的山头说，城里下雪了。城里的人昂起头眺望更远处的山巅说，山里下雪了。山城人一直不承认自己就住在山里。

视角的不同造成了许多认知的偏差。

这个无雪的冬天与那年雪灾的冬天一样令人费解。下大雪那年，我陪媒体记者采访。在克木齐碰到一位60多岁的老牧民，他说："一辈子没见过这么大的雪。"按照他10岁有确切记忆算，这位记者发了第一篇稿件：阿勒泰遭遇50年不遇的大雪。其后，在阿苇滩我们又碰到一位70岁的老人，于是，该记者的第二篇稿件就成了：60年不遇的大雪袭击阿勒泰；再后，在红墩我们又采访到百岁高龄的老人，第三篇稿件就成了：百年不遇的大雪……

据说，这位记者回去之后患上了抑郁症。

人定胜天当指一种精神而不能拿来实际操作。人以百岁之躯揣度万古自然，最终被玩死的往往还是人本身。

这个无雪的冬天同样降落下很多东西：焦虑、疑惑、哀怨、忧伤……当然，也有欢乐、欣慰、满足、舒适等。随遇而安并非消极的处世哲学，而是积极的应世态度。看看今年其他省市所编排的关于雾霾的段子就能理解这句话了。但是，关于改善环境的努力该做的还是要做，因为，做了虽无效，但不做就连一点希望都没有了。

本文前边所说冬天没雪等同于结婚无孩的话题，这使我想起一个老段子。

一对乡村小夫妻结婚多年无子，公婆抱孙心切很是焦急，但又不知如何去问。正上中专的小姑说我来问。于是姑嫂在田间有了以下对话：

小姑问："嫂，你和我哥'不'呀？"（你们没有夫妻生活吗？）

嫂答："不'不'呀！"

小姑又问："不'不'，怎么'不'呀？"（怎么不怀孕？）

嫂答："不'不'还哩，要不就更'不'啦！"◆

郭文会 ◇

与故乡对视

作者简介：

郭文会，男，1968年生，现任职于阿勒泰地区文联，20世纪90年代组建西部荒原青年诗文社，参与多期《荒原》《荒原诗歌报》《额河青年》杂志的出版工作。有诗发表在《绿风》《西部》等刊物上。

父　亲

最后的目光　熄灭了
熄灭在这个冬季最寒冷的午后
冰冷的阳光躲在十一月的云层左侧
偷窥着生命的最后一声叹息

时光的怜悯留不住最后一丝渴望
命运选择了这个冬季　从此与我们隔河相望
天空以塌陷的方式撞击着我们的肩头
凄冷的雪花　是三代人无助的哀求

生命的单薄如同失去了血色的冬季
塌陷的天空砸痛了额河北岸老屋里的所有时光
枯黄的牧草开始喂养凌乱的日子
冰封的额河用唯一色彩祭奠着　您离开的瞬间

从未想象过　永别是如此的疼痛
穿躯而过的寒冷　入骨入髓
回忆您劳作的姿势和老屋温暖的灯火
是留给我们今生取暖的最好方式

这个冬天很冷　真的很冷

与故乡对视

转过身　就看到故乡
以羞涩的姿态站在几米开外
她带着时光里掩藏的一段时光
像一棵晚熟的麦子
在饥饿的黄昏里　羞愧难言

默默地与故乡对视
长长的一段时光破碎了
碎在故乡的背影里
瞬间　竟然以麦子的方式发芽
并迅速占领了老泪纵横的田野

远远的一声呐喊
穿越你的炊烟而来
却无法跨越村口的一条河流
贫瘠的目光在月光下躲闪
故乡是我推不开的一扇旧门

在老屋的房前屋后
童年的身影早已慢慢长大
门台上晾晒的小小幻想
不知何时已躲在屋角暗自伤心

不远处　我的父辈们
依然在田地里挥汗如雨
守候着这片叫故乡的土地

时 光

故乡
就像一粒土豆
蜷缩在厨房的角落
毫不起眼
甚至熟视无睹
但我知道
在我饥饿的时候
我会想起它

路过一条儿时的河

岸边的树依然在原地站立
流水声如我儿时的记忆
清晰而温馨感人
童年河边的那个路口
像我儿时的理想
淹没在改道的河水中
不见踪影
儿时的伙伴如今都在何方
是否像我一样
为了生活四处奔波不曾停留
三十年后我伴妻携女
站在河边与童年隔河相望
看到童年的我在水中畅游
像一朵浪花美丽无比

◇
贝新祯

乡愁阿勒泰诗选

作者简介：

贝新祯，上海人。1967年华东师范大学物理系毕业，后奔赴新疆阿勒泰地区师范学校任教。1990年获第一届金岳霖学术奖（逻辑学），获国务院颁发的特殊津贴，1995年任中国逻辑学会符号学专业委员会秘书长。2003年在上海退休。近年来，因思念第二故乡阿勒泰，先后撰写散文集《乡愁阿勒泰》、长篇小说《今夕是何年》等，抒发了作者浓浓的怀乡之情。

克兰河，我的养母

克兰河，你把我拥入你的怀抱，
像亲儿子那样操心我的温饱。
在刚出炉的馕上抹一层酥油，
我喝的第一碗奶茶是你亲手烹调。

亲娘在远方，我亲不着，看不到，
你曾带着我去大大的林子，深深的山坳。
你让我席地而坐安安静静地读书，
潺潺的溪流伴着优雅的鸟叫。

你给了我一个家，告别大锅发糕，
小屋里妻与我和贾岛一起推敲。
你教会了我炸油饼，炸包尔萨克，
厚厚的干打垒可以抵御冰雪风暴。

 乡愁阿勒泰诗选

你辛辛苦苦培育着外来的儿子，
接二连三有逗我开心的福报。
你说，受伤的心灵要自我救赎，
骏马知道向着美丽的草原奔跑。

南窗下我夜夜神游理性小道，
你给我悄悄披上自己的羊皮大袄。
正是在那一份母性的温暖里，
我窥见了古希腊大神的一脸坏笑。

你说坎波尔恰依要文火慢熬，
人不能一晚上认清世界的子丑寅卯。
再好的马难免会跑错地方，
良心可不能与魔鬼称兄弟，打交道。

养母的淳朴善良，养母的忠厚勤劳，
是我头顶的神明，心中的瑰宝。

一盏灯点亮了做人的漫漫路途，
养母让我百毒不侵、人性永葆。

夏日里，克兰河奔腾咆哮，
那至伟至雄的力量来自云霄。
九天里的积雪是上善若水的楷模，
到下游去滋润每一棵嗷嗷待哺的青苗。

克兰河冰封的日子朔风萧萧，
冰下的潜流声带我一起思考。
长长的冰河，我走不到它的尽头，
养母不倦的身影是我前行的路标。

你的儿子无论在哪里癫狂哭笑，
这辈子忘不了你的奶茶、你的怀抱。
克兰河的水声是我人生的交响，
养母呵，是我永远的精神暖巢。

（注：重读艾青的《大堰河，我的保姆》，被深深感动。于是，想到了克兰河，想到了阿勒泰，想到了曾经给予我温暖的人们。）

乡愁阿勒泰诗选

怀念阿勒泰的夏天

边城的树争相报告着夏天，
每一片叶子都涨绿了脸。
清晨的金山宁静地裹着清凉，
一只黄鸟优雅地掠过蓝天。

早穿皮袍？说得有点夸张，
那一份夏凉让人不舍人间。
一种从心田溢出的舒服，
敢问何人能享受如此夏天。

正午阳光假装一脸凶狠，
柔情地关怀着万亩瓜田。
干打垒的小屋冬暖夏凉，
安然的午睡里情话绵绵？

书案上有一杯热热的奶茶，
晚风中改稿更有诗的灵感。

临睡前在小山坡上独步，
那一地的月光有多么柔软。

淡淡的月晕昭示着美好明天，
酷暑远离了夏季的词典。
老天爷给这方子民一份清凉，
奖励他们戍边守土的艰难。

夏日的将军山依然白雪皑皑，
只是为小山城梳妆打扮。
世界的雪都在中国西北之隅，
一年四季都让人流连忘返。

好想你呵我的夏天，我的金山，
你永远繁花烂漫，风轻云淡。
魔都的喧闹受到世界责怪，
我塞耳闭目回到了克兰河畔……

红墩打油诗

新 房

干打垒建筑在山坡之巅，
有人夸新婚房犹如宫殿。
铁架床皮沙发上海运来，
南窗上有一挂丝绒窗帘。

挑 水

山坡下有渠沟潺潺清泉，
每日里吃用水全凭双肩。
人常说是铁肩可担道义，
不料想一担水举步维艰。

电 视

买电视爱显摆图个新鲜，
变压器倒升压方能观看。
从此后小茅屋不得安宁，
一群人夜夜来踏破门槛。

酒 桌

花生米西红柿清炒鸡蛋，
龙虾片虎皮椒黄瓜凉拌。
伊力特古井贡洋河大曲，
打杠子虎吃鸡五魁首拳。

雪 山

皑皑白雪遍山峦，
相看不厌二十年。
登上瑞士少女峰，
何如故乡一座山？

手抓肉

初识竟然无腥膻，
席地手抓举桌欢。
最爱一碗羊肉汤，
主人殷勤为我端。

杠 雪

大雪初霁天色新，
手持竹帚上屋顶。
曾因酒后浑噩噩，
举头九天欲问津。

演 戏

红墩山乡夜沉寂，
师范搭台演大戏。
魔术聊发少年狂，
男女老幼称稀奇。

◇ 庞秀卿

庞秀卿辞赋集

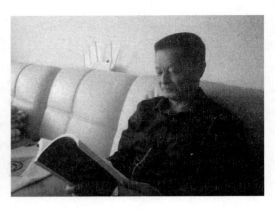

作者简介：

庞秀卿，男，退休干部。阿勒泰地区纪委宣教室原主任，地区书法家学会理事，2019年获阿勒泰硬笔书法大奖赛一等奖。

雪都赋

中国雪都，昂首屹立，冰峰雪岭，壮丽神奇。北遏西伯利亚之寒潮，南抚准噶尔瀚海，东迎玉门之春风，西接北冰洋之水气。天湛湛兮地辽阔，云淡淡兮彩霞飞。繁花似锦，蜂鸣蝶舞；百兽共生，草长林密；百灵欢歌，松鼠嬉戏；甘果美菌，玉宝珍稀。阿山连绵起伏，通连四国；额河曲折蜿蜒，润泽戈壁。喀纳斯雾漫轻纱，宛若仙境；禾木村古屋兀立，神灵所居。

仲秋九月，草黄羊肥。湖光若镜，霜染雾浴。风萧萧，引来漫天梨花，水潺潺，升腾烟霞紫气。天兮苍苍，地兮茫茫；山川皑皑，霜叶飘黄。玉龙狂飞鳞甲，云雾尽绕群峰。

红日高升，玉颜晕映红霞；明月皎洁，银光一统乾坤。冰峰陡峭，长足可登银汉；银岭巍峨，舒袖能持斗柄。江山锦绣，西北之宝地；历史悠长，雪都尽显豪情。

汗德尕特岩棚画，古老滑雪狩猎图。彩绘万年，昭示世界滑雪之起源；歌谣千载，传唱中华龙脉之春秋。楚儿（苏尔奈）苍凉，诉说艰辛之往事；呼麦沉郁，唤醒沉寂之村庄。苍狼白鹿，秘踪汗德尕，狂奔于深山密林；滑雪猎手，踏毛皮雪板，驰骋在茫茫雪域。

毛皮雪板，雪都精灵；狩猎出行，代代传承。

克兰河，百里清流化玉川；将军山，城中雪场成公园。运筹帷幄，政府夯筑平台；殚精竭虑，贤达齐心效命。滑雪高台起步，才

庞秀卿辞赋集

华圆梦山中。健儿明志,赛道飞旋夺桂冠;勇士拼搏,雪原越野赢美名。承揽举国之大赛,吸引各路之精英。

四海游客,雪场亮剑寻欢娱;九所校园,万千少儿勇争锋。阿勒泰,山中城,北疆名胜;将军山,城中山,滑雪摇篮。

乌齐里克,野雪茫茫飞侠客;可可托海,高山巍巍舞游龙。

千里画廊,万里雪疆,人间净土,金山毓秀。中国雪都,画彩仙灵。备战冬奥,一展雄风。

将军山赋

日前,欣读金圣之《将军山赋》,感其纵横捭阖,大气磅礴,颇具汉唐之风,遂问之曰:"先生可曾登将军山之巅乎?"答曰:"未也。""未曾登顶,亦未调研,何为其赋焉?"于是力邀金圣、文君,三人共攀将军山。

五月二十六日,三人沿将军山栈道登山,栈道蜿蜒而上,斗折蛇行。至栈道方尽,山势渐陡,吾等汗渍浸衣,气吁腿颤,几番休憩,终于登顶。极目四方,群峰纵横,地广天蓝。

将军如巨龙长卧于苍穹之下,头枕金山之雪峰,足抵戈壁之莽原,手舞克兰之玉带,臂挽山城于腰间。控三镇,挟四湖,汇清渠于脚下;遏朔风,揽明月,泽被于荒滩。

将军身后,藏一高峰,亭亭玉立,姿态娇嫒。披红霞,着彩绢,雾幔环绕腰裙,轻纱点缀玉颜。玉女依偎于将军,情意缠绵,与将军终生为伴。将军、玉女腹背相接,北部地阔坡缓,细草如茵;南面深沟峡谷,直达天边。清风习习,穿峡谷,越山涧,白桦婆娑起舞,花草摇曳翩翩。山雀嬉戏枝头,鹰鹞翱翔云端。

沿峡谷南行,别有洞天,只见怪石嶙峋,千姿翩跹。将军"权杖",直插云霄;将军"石案",高悬崖空;将军"墨池",平卧草丛;将军"脚盆",印嵌石中。"老翁"威武,引颈望月;"少女"娇小,来自外星;"佛龛"奇巧,洞窟呦鸣;怪兽探首,面目狰狞;似龙非龙,"石龟"匍行;"虎豹熊罴",如影随形。巨石层叠,山巍峨而壮丽;苔藓斑驳,胜笔墨之丹青。感天地之造化,叹自然之神工。

至于深谷,乱石断路,荆棘丛生。爬山松低调,恒接地气;千层皮顽强,生于岩缝。白桦坚韧,立于悬崖;野花放浪,散于山岭。三人举步维艰,如猿猱攀爬,似山鼠窜行。疑前

途无路,忽柳暗花明。三人乐不思返,仿佛穿越时空。一路狂拍,痴如顽童。走出峡谷,如梦方醒。夕阳斜照,三影朦胧。一步三摇,犹如醉翁。呜呼!苦哉!累哉!傻哉!然乐在其中!

（注:三镇即红墩、阿苇滩、切木尔切克,四湖即萨尔喀木斯湖、吐斯根湖、锅底坑湖、阿苇滩湖。）

阿尔泰山中草药赋

中华草药,源远流长;
普度万方,国之瑰宝。
黄帝汲取精华,神农品味玄妙;
扁鹊以之乎济世,华佗赖之以传道。
张仲景、李时珍、抱朴子、孙思邈,
虽神医妙手,然皆仰仗良药之效。
西北边塞,中国雪都。
天苍苍兮地高远,水清清兮明月皎;
天暖则繁花绿海,岁寒当玉洁冰清。
人间净土,环宇仙境;
山川灵秀,良药竞生。
禾木金莲花潮,荒原遍布甘草;
沙湖静卧睡莲,河滩簇拥龙蒿。
红柳坚韧,不畏大漠之苦;
雪莲圣洁,何惧冰峰之峭。
别克参,金山骄子,深藏芳土;
报春花,峭壁辣妹,凌霜自傲。
泰瑞香,沁人心脾;
千里光,明眸远眺。
花仙子、勿忘我、点地梅、恋针茅,

枸杞、沙棘,食之甘甜;

阿魏菇、牛肝菌,美味珍肴。

药者万千,各怀绝妙,或祛寒,或解暑,或止咳,或补疗;

万物皆备于我,莫问孰低孰高。

凡金山之宝藏,盖一物不可少;

感天地之恩赐,谢王仁之功劳。

王仁先生,寄情山水,亲和自然。

五十余载,暑往寒来;

穿戈壁,越草原,登高山,踏雪线。

饱览湖光山色,徜徉天地之间。

采百草配秘方,且以为乐;

撷花果制良药,成杏林美谈。

补"本草"之遗缺,增"千金方"之外延。

著作等身,拓展哈医医院。

为财而采药者,贩也;为医而采药者,术也;为仁德而采药者,道也。

大道之行,造福桑梓,惠泽百姓,王仁有仁焉。

国运盛,药业兴,政府鼎力,以筑基石。

王仁未老,七旬请缨。

集仙草以筹圣殿,聚国粹而济苍生。

顺乎国之大运,乃民生康健之幸也。

呜呼! 观阿尔泰山中草药博物馆,

人潮不绝,灯火通明,百草生辉,远播声名,八方贤达,慕名而至。

感慨系之,故赋诗云尔:

> 克兰河畔百草堂,金山深处有药王。
>
> 莫道边塞千里远,常闻腹中有花香。

(注:王仁,毕业于北京中医药大学,长期致力于哈萨克民族传统医药研究,现为阿尔泰山中草药博物馆名誉馆长,1998年入选中国专家人名辞典,2016年担任世界中医药学会联合会哈萨克医药专业委员会常务理事,2007年荣获全国民族医药工作先进个人称号,2022年荣获全国五一劳动模范奖章。)

白桦赋

东方有山,名曰将军;西边有岭,名为驼峰,两山耸峙,宛若长龙。克兰河跨雪山,越云层,穿峡谷,中分山城。双龙戏水,满城涛声,天赐福地,其乐无穷。盛夏无酷暑,严冬无凄风,断蚊虫之扰,绝沙尘恣行。

去西北七八里,克兰河心之洲,绿树掩映,隔离天日,繁花似锦,溪流淙淙。白桦遍布河洲,故得桦林之名。

白桦采日月之精华,汲天地之灵性,轻风拂之,细雨浥之,山川润之,皓雪被之。挺拔屹立,直刺苍穹,如常山子龙,强壮威猛;临风鹤立,翩若惊鸿,似织女下凡,婀娜娉婷。峣峣不折,皎皎不污,高而不傲,美而不娇,丽而不俗,典雅高贵,玉洁冰清。

白桦系阳春白雪,却和而不寡。山溪水畔,参差错落,千姿百态,和睦共生。林密处,如战国军阵,排列严整,如人潮云聚,摩肩接踵;林疏时,兄弟牵手,同气连枝,如胶似漆,夫妻相拥。"三结义""合家欢""五子登科""桦林七贤"乃园内主角,林中奇景。长廊幽深,群贤荟萃,风姿绰约,醉心销魂;桦韵圆舞,悠然漫步,溪水唱和,天籁之声。

桦林之美,四季也。春风悄然,白桦初醒,嫩芽鹅黄,细叶明萌,芳吐清新,水碧花红。

旋接夏季,枝繁叶盛,遮天蔽日,郁郁葱葱,晨曦入林,七彩如虹,夕阳斜照,紫气蒙蒙。

仲秋九月,层林尽染,碧空苍苍,雁阵声声。林中醉红颜,金叶满幽径。

疾风倏至,玉龙漫舞,天下洁白,骤入寒冬,万籁俱寂,冰河沉静。

桦林四季皆美也,美在山水,乐在风情,大爱无疆,大象无形,人与天地,和谐交融。呜呼,桦林之美,令人沉醉,言不尽意,有负诸公,遂以诗赞之:

西立驼峰东卧龙,北倚金山望南风。

烂柯传说终虚幻,桦林方为真仙境。

奇石赋

天赐奇石,美妙绝伦。生于荒滩,长于河畔。藏于水土,匿于旷野。尽享孤寂,不求闻达于世焉。

狂风虐,暴雨袭,烈日曝,冰雪凌,雷电击,地火炼。亿万年,八十一难,无埋没之怨,无伤痛之哀,无心志之苦,无沉沦之态。坦然受之,岿然立之。倾心磨砺,终成正果。

奇石千姿百态,争雄斗妍。或寄情山水风情,或安于田园牧歌,或浮绘人间故事,或展现神话传说。

其图形也,似山非山,似水非水。仁者见山,智者见水,佛心见佛,求仙得仙。各安其所,各得其乐也。

贪杯者酒坛杯盏,矫健者飞檐走壁,闲适者清溪垂钓,劳顿者依木而眠。红日高悬,钓月西沉,牧童短笛,渔舟唱晚,风花雪月,茂林修竹,飞龙在天,龟蛇伏地,狼奔豕突,莺歌燕舞,不可胜数矣。

亦有书法者,或雄壮若颜鲁公,或精瘦似宋徽宗,张旭之狂放,米芾之痴癫,浑朴灵动,妙趣横生焉。

呜呼!天地之灵性,非人力可及也,自然之神韵,非人智所学也。乃无意而作,无为而成,去矫揉之姿,绝造作之态,弃雕饰之痕。不为富者生,不媚贵者喜,无欲无求,故为刚强者也。

其德为真,其美在善,其心为实,实心即为石心;无惧,无惑,无忧,无挂碍;世之瑰宝,君子当以之为师范也。

遂以诗赞之:

长河野旷奇石生,千姿万态自天成。

道法自然悟真谛,笔墨焉能胜神功。

◇
张二棍

哈巴河杂记

作者简介:

　　张二棍,原名张常春,1982 年生。山西地勘局 217 地质队工人。2010 年开始写作,迄今在国家级、省级期刊发表诗歌、散文约 200 首(篇)。其中,有 70 多首(篇)入选各种汇本。2015 年,参加《诗刊》青春诗会。出版诗集《旷野》(漓江出版社)。

1

先铺满巨石、山林,再铺满
落叶、星光,以及久远的
神话,绵长的河流……西部之美
终于得以完成。在哈巴河
我早已忘记了,琐碎的日子
却足以洞晓,岁月广袤,毡房亘古
你看,那个晚归的牧人
正把一群洁白的羊群,赶往祖先们
扎就的篱笆中,像是
把今天的暮色,赶进了无尽的黑洞

2

我来之前,一匹野马已经奔跑了
很久,气喘吁吁。它在我面前

哈巴河杂记

停下的时候,秋风又呼哧呼哧
号令着野马身后的万千荒草
继续奔跑,不知疲倦
此刻,马鬃瑟瑟,被
脱缰的秋风,践踏着
——在这无垠的西部,一场场风
摆弄着万物的动静,与生死

3

乱石在天地间横陈了多久
无人说清。何况我
阅历如此浅,尚不如
哈巴河畔的那一株株
虬曲的古树。它们眺望着
远方的雪山,俯视着脚下激流
俯仰之间,绿了又黄的枝干
搬运了多少来往的春秋。而乱石
峭然,一副铭记或无所谓的样子

4

我来之前,西部只是一个巨大

而空阔的符号,无声无色
尚未成形。是我,以一己的伫立
构成了西部的强悍,与苍茫
是蓬头垢面的我,形容枯槁的我
是我经年的软弱、狭隘,是我此刻
看见雪山时的卑怯,面对戈壁时的恐惧
促成了,这样一个恢宏壮阔的
西部,完美的西部

5

我用手机,拍下了
哈巴河水中,倒映的天空
——天空就坦然,铺在
河床的卵石之上,
我低垂双手,掬起一捧
凛冽的雪山之水
——我的掌心,就沁入了高处的圣洁
我痴痴望着这流水汤汤
不小心,把一滴热泪
注入了西去的哈巴河水中
——我的一滴泪,将归于北冰洋
被凝固在冰山之间,千年万载,悼念我

◇
郭志凌

阿勒泰诗抄（组诗）

作者简介：

郭志凌，新疆克拉玛依人。20世纪60年代出生，新疆作家协会会员、中国石油作家协会理事、克拉玛依作家协会副主席、鲁迅文学院第十七届高研班学员，克拉玛依市签约作家。1982年开始文学创作。已在《十月》《诗刊》《星星》《绿风》《飞天》等全国多家报刊发表诗歌、散文4000余首（篇）。著有诗集《鼓手》《前倾的风》《冬眠的闪电》《钟声的指向》《克拉玛依诗卷》。

哈巴河：白桦林立的晌午

这辈子没做过贼
在哈巴河，白桦林立的晌午
我顺手拎了一帧秋景，把它揣在
最靠近浪漫的绒衣里
就觉得一对鼓槌在胸肋，不停地敲
就觉得所有白桦都瞪着大眼
一刻都没从我身上移开

白云在蓝色的湖面上踱着方步
接近村庄的那一刻，向日葵停止绽放
一副心事很重的样子，让我们恍然记起来
温柔该有的矜持
阳光也不忘打趣，漏过枝丫，有人采到
一捧新鲜的牛肝菌。秋天即使离开
也知道给一些懂得怀旧的人
留下一点儿情愫

阿勒泰诗抄(组诗)

哈巴河,我湿润的眼睛始终不敢闭
我怕一合眼,多年体验不到的快感
转瞬就化为遗憾——

沙棘再红下去,会不会爆开?

沙棘再红下去,会不会爆开?
就算幸福来得突兀,也不能太满
给一点儿空间,让我们理一理思绪
罩上羊绒的秋天,风景会不会蒸发?

哈巴河最不缺的就是水
四条河流交织着,滋润四个季节
即使万亩的开阔地,红浆果在枝头
挤得,顾不上呼吸

修剪后的灌木,可以当树观赏
一些新鲜的果干和饮料,在展台炫耀
我不品旧,也不尝鲜。我还在
为一棵被冷落的雄沙棘,默默叫屈……

在额德克红叶林

秋天是大气的,一片沙漠拱手就让给了
红叶林

额德克,一定是人名,一定是牵扯到爱
第一个脱离部落的汉子

阿勒泰诗抄(组诗)

两千六百亩,足够落脚
我就纳闷,这荒芜的不毛之地
缘何就有了欧洲山杨?

再往前,就能一步跨越国境
索性就停下来,让火一样蹿起的树叶
烘干旅途的寒意
在风的助力下,整座林子烧得"噼啪"作响
金叶子翻来覆去,恍惚瞅见人生的另一面
有人为爱幸福得号啕大哭
有人为情痛苦得扼腕啜泣——

从五彩滩回来

它是在告诉我:生活不能缺少颜色
视觉、嗅觉、味觉和感觉,缺一不可

如果禾木是一卷挂在树丛湿漉漉的水墨
五彩滩就是摊在丘陵,尚未装框的油画

——我不能置身事外,哪怕是慌乱中
不慎滴落的一滴油彩。这么多人和景色同框
这么多人的口型高度一致
人与自然,本不该设一道屏障
"猜疑"这个词,什么时候从字典中消失
信任就会带着拆除的篱笆,从我们身边离开

从五彩滩回来。总觉得一身斑斓无法去除

总觉得有什么事,要赶紧去做
总觉得日子比以往靓丽许多。开心的事
从清晨持续到傍晚……

哈巴河的黄昏

一大坨金色,被外出一天的羊群踢翻
金色和尘土勾勒的羊群,只剩下虚的轮廓
贴着山脉流淌的夕阳,很容易就让我们
想到破碎的、新鲜的蛋壳

——只有乡村固守的炊烟,能够让疲惫的心
暂时离开都市的浮华。一座旧毡房
走进我们的视野,一起被收容的,是一头
黑底白花的奶牛,鼓胀着乳房,温顺地
倚靠在女主人,娴熟的十指旁

哈巴河的嗅觉,已经被牛粪燃烧的傍晚
完全堵塞。即使你拥有一对鹰眼
你也无法分辨:一群被尘土包裹的羊,靠着什么
准确地行走在,回家的路上……

转场即景

罩在羊群上的尘土,阻挡了秋天的黄昏
阳光伏在柔软的羊背上,让我发现生活的阴影里
透出玉石温润的光泽

阿勒泰诗抄(组诗)

在铅一样沉重的阿勒泰
衰败的草,巩固着冰凉的岩石
尽管季节不那么完美,放眼望去——
露出岁月断断续续、无法弥补的破绽
年归一年。总是沿着下山的路
滚下成吨的羊粪、牛粪和马粪。总是一家骑在马背上
被阳光的鞭子驱赶着,给明天,找到更好的草场
陪伴在侧的树,也将成为昨天的剪影

那些覆盖住枯草的粪土,在长长的等待中
暗暗发酵着又一个鲜花盛开的春天
那些颠簸着往事的牧人,注定会重新上山
注定还会重复着,走在这条死过几辈人的路上

喀纳斯的雪是蓝色的

雪是蓝色的,不是白,真不是白
三千六百万像素的尼康,说出了铁的证词

蓝的。围巾一样柔软,纯羊绒那种
要说喀纳斯的月亮湾
怎么就冻不住
禾木堵不上的烟囱,艰辛地煨着生活
被历史稀释的白,擎着蓝天
已经摄氏零下六十度了,它缥缈的舞姿
不会因为寒冷而停止,而僵硬

——日光短了。它金色的手,很难接近地面

料峭的风,在马鬃上凝结成霜

淬火的马刀,在雪的映衬下,光芒更甚

不是割草,还依然那么锋利

日光就这样被截成段,我怎么感觉

像是斫断了奔跑的速度

雪是蓝的。月亮湾的水,怎么都滤不掉

清澈的欲望。夏天爬到山腰的牵牛花

逆光的花瓣是透明的

一张不会说谎的嘴,骗了那么多人

虔诚得像山顶盘着的石头

这里的水,净身也能净心

长了霉斑的日子,需要一根

与冬天对峙的松针。扎在大椎上,你会看到

一块淤血。也许会头晕,也许更清醒

布尔津:一个美好的早晨

不想把心律显示在河面,不想

把风衔在嘴边。不想被一只鸟和

两棵树,呆呆地盯上一个早晨

一个晨练的少女,牵着一条狗

一条河的缰绳,随即被青春浸湿

花朵都不敢怠慢,两个酒窝也盛不下烦恼

镶嵌在蓝天的白云,感染出了笑靥

就仿佛我多年积攒的心事,被她

掩在了牙床。就好像那么多年发生的事

一次也没有发生……

皮肤不再光滑的柳树,还是一成不变的刘海儿
还是远远地瞅着额尔齐斯河
看不出要走的迹象——

喀纳斯:坐在坡上的野芍药

嘘! 别再让目光朝前移动了
那些坐在坡上的野芍药,含着笔头
在用阳光这支笔,写初夏的文字

——眉头紧锁的样子,惹人爱怜。恨不能
一下就把自己打开,用一生,换一个词回来
如果只是一棵,躲在草丛里
谁都不会留意。她弱小的骨架,要扛起
夏天的广告牌,要把粉黛,均匀地
涂到夏天黝黑的腮上

她们在大自然惬意的课堂上
神情专注。听风、听雨、听雷、听生死
听听什么时候,一声铃响,就会齐刷刷
站起来。把血液凝成的花苞
同时拉响——

前往布尔津的路上，邂逅锦鸡儿

远处，准确地说是前方
云彩把漆黑的山，就要吊起来了

落满尘土的柏油路
把一簇锦鸡儿和另一簇锦鸡儿隔开
满眼都是蛋卷一样酥嫩的花
谁的心，在这里都硬不起来
——锦鸡儿赤裸着，浑身长满锐刺
凌厉的西北风，被它们刺得百孔千疮
泪眼婆娑的布尔津河，干脆放弃了穿戴……

夕阳坠在眼皮上
三百公里的路啊！不敢说短，不愿说长
一颗心迫切地，转动得比车轮要快上几万倍
咋就不能把一条路的尽头，拴紧了
拉回身旁——

◇
赵香城

独语阿勒泰（组诗）

作者简介：

赵香城，本名赵力，祖籍湖南平江。诗人、散文家、词作家。中国散文家协会理事，新疆散文诗学会副主席，中外散文诗研究会理事，新疆作家协会会员，新疆喀什地区作家协会名誉主席。主要作品集有《大漠雄风》《鹰之梦》《剑与花》《福乐之地》《香城赋》。主编作品集二十余部，个人作品入选百余部诗文集。部分作品分别获得首届西部文学奖、中国当代散文奖、第五届天山文艺奖。

阿尔泰岩画

裁一块缤纷的天石，镶在山崖上
把云朵凿成羊群，把云山凿成牛群和马群
把弯月凿成了弓，把星星凿成了箭
凿壁者，手握时光的凿刀
身披太阳赠予的金缕，蘸着风声
一凿，一凿，凿进自己想象的天堂

剪下一角斑斓的草原，嵌在岩壁上
没有凿下一顶简易的毡房，没有凿下
酋长的金帐。但凿壁者，狠狠地
凿下了男人和女人，凿下了生殖的
图腾，凿下了天地交媾的场面
凿壁者的一腔精血，在勾勒间横溢

独语阿勒泰（组诗）

凿岩者的手,一定捏得碎石头
他常常牵引雷电,检验他的杰作
他常常牵引狂雪,擦拭他的秘境
他怎能想到,当后人站在岩画之下
心弦,被一双粗糙的大手重重拨弹

阿尔泰山,岩画是你犷悍、恣意的侧影
是历史高台之上,绽放的一朵心莲

羊　道

草坡的春天是羊群踩出来的
草丛的露珠是羊群踏出来的

在翠色漫洇的阿尔泰山坡
是谁在绒毯上绣了一道花边

羊群的长队踏边而行
劲蹄织就的花边伸进蓝天

没有一只羊急着超越
它们心里想着什么,每一棵草都知道

它们懂得美学,应保持巨毯的唯美
不随意从中踏出另一道花线

在牧人的暗示下,羊群游入草海深处
当它们披满一身清香,又悄然踏回绿毯的花边
是谁,为羊群颁发了谕旨

它们的动作总是那样规范而有序

当牧羊犬衔着一颗红日下山
羊群踏出的花边镀着一层金色

羊群结队沿花边返回棚圈
牧女的手镯在夕光中一闪

哦,草坡上花边似的羊道呀
在摄影家的镜头里恬静而斑斓

听马头琴独奏

巴图尔坐在
离草原石人不远的地方
很像是一尊石人的复活
他怀中的马头琴,期待着
风暴骤起,狂浪疾奔
弓弦间的蹄声让云层陷落

巴图尔的手
甩出携带疾风的套马杆的手
此刻,缓缓运弓,缓缓运弓
有河水涌动,有山峦起伏,有草丛摇曳
有马驹儿在轻唤伙伴
这舒缓的前奏,这默契的心音
巴图尔浓眉一挑,强弓乍起
迅疾间,铁木真的马队从峻岭上穿越
渥巴锡的骏马从山峦间穿越

独语阿勒泰(组诗)

弓与弦在搏击,弓与弦在角斗,弓与弦在力夺

在苍茫的大草原上

蹄声的洪水淹没了一切

蹄声的威力吞噬了一切

蹄声的火焰,把一切私念、孱弱和衰朽燃为灰烬

琴声断,蹄声歇

欢声中,巴图尔纵马远去

他背后那一架锃亮的马头琴

是他生命里不死的汗血马

走近白桦林

走近你,走近阿尔泰山下的白桦林

走近你修正的树干,走近你洁白的灵魂

走近你雅致的风度

走近你那悄悄地透视我的眼睛

我不愿借你光滑洁美的面皮

抒写燃烧的情诗

我不敢和你的眼睛久久对视

我怕你看见我那一角自私的灵魂

走近你,走近克兰河畔的白桦林

走近你绽放的花朵

在嫩枝尚未吐绿之前,你就果敢地盛开

迎着阳光的笑脸,迎着草地的风

把一杆杆娇艳的旗帜竖在山前

将花语的象征含义——生与死的考验

书写在春天的前额

走近你,走近一树树高贵的精灵

走近一树树飞翔的金秋

多么美,你那小小的翅果

（这真是个奇妙的命名）

多么浪漫,你生命的果实长出了

迎接秋风的翅膀

你盼着它们飞翔,飞翔

把你的梦埋入山坳、河畔、庭院

去洁净那些拥抱你的心灵

走近你,走近阿尔泰的白桦林

走近我高洁、正直的亲人

草原石人

雕刻石人的人,在时间的

暗道里,凿下一个个难以破解的谜

在辽阔无垠的大草原,在辽阔的风中

牧人们的套马杆,把一个横亘时空的意念

甩向草原深处,从山中采出一块块条形的石头

用太阳神赐予的凿刀

凿出草原守护者的雕像

于是,草原不再显得空寂

有石人站立的地方,牧马人的

杆子,套得住九千里雷神

套得住八万里风妖

独语阿勒泰(组诗)

让一个和顺、丰茂、喧腾的草原
稳稳地铺在牧人的手中

雕刻石人的人,雕刻的是自己的亲人
他把亲人的骨血埋于地下
他把亲人的面影雕刻于石上
让亲人的内心,流出迎接太阳的绝世温柔

在阿勒泰,在辽阔的大草原
一双凿石者隐入时光的手,凿开了
我一个人短暂的想象

◇
谢 斌

阿勒泰的诉说（组章）

作者简介：

谢斌，笔名射文，祖籍河南开封，贵州省作家协会会员。诗文散见《星星诗刊》《贵州工人报》《西部》《回族文学》《中国电建文学》《中国电力建设报》《兵团日报》《生活晚报》《当代电力文化》《中国电力报》《阿勒泰日报》等报刊，已出版诗歌集《花季情潮》、诗文集《原上草》，现在新疆阿勒泰地区工作。

草 原

抱着绒绒的雪花，在冬天，草原不说话。

夏天，一片片草原，是一封封拆开的信，花儿，五颜六色地歌唱；草儿，一笔一画，蘸着露珠。

牛羊，在字里行间漫动。

马群，在字里行间流淌。

灌木，这儿一堆，那儿一群，绿得像孩子。

草儿跑遍山冈，一座草原站起来，一抖云袖，尽是鸟语花香。

哦，毡房是她耳坠上的珍珠吗？

毡房袅袅飘香。

此时，草原的歌声，从一个采花的姑娘那里传来，清晨，轻轻颤了一下。

又颤了一下。

"叮叮咚咚"，一条河在禾木草原辗转反侧，左边绿草茵茵、繁花似锦、蜂飞蝶舞，右边森林茂密、苍翠欲滴、野趣横生。

从东南向西北，依次排列着花海子、中海子、边海子，他们是三道海子草原三个波光荡漾的儿女。

他们拥有神奇、神圣和神秘。古巨石堆，被誉为"中国的金字塔"，大型古葬墓群、祭坛，在静静诉说光阴的故事，而那碑刻上的

阿勒泰的诉说(组章)

鹿,是不是在古代游牧民族心中,正以最快的速度追逐着太阳。

阿贡盖提草原,意为被阳光照耀的地方。我望星星时,星星对我默默无语,那二十个石人望星星时,星星对他们说了什么?

今夜,一只羔羊"咩咩"一叫,星星纷纷俯身,四处打探。

今夜,长风捧起草原,一口饮下河流和烈马的嘶鸣。

我说着说着就回到了家乡,

就如草说着说着回到草原。

羊　群

羊群像一条河,涌来。

它们的,颜色一样,方向一样,气味一样。

羊群如一群人,走去。

它们的,高矮不一样,胖瘦不一样,叫声不一样。

白云上的羊群,是天空有棱有角的思想。

白云下的羊群,是牧歌触手可及的温暖。

微风吹拂的中午,白桦树下,我采摘着冬不拉的声音。

像羊群涌向羊群。

像羊群漫上山冈。

河　流

阿勒泰的河流,是阿尔泰山酿的奶酒,与天空、大地一起,滋养着这里热爱生活和大自然的人们。

这里的人们慢,慢得像归来的牛羊,时间不能牵引他们更快地走进黑暗。

这里的毡房,睡得像羊一样柔软,风儿偷听着她们的梦呓,把羊群赶上白云。一日三餐,她们升起的炊烟,飘着飘着,就和天空一样蓝。

怀里揣着自己的所有,把那些峰回路转的雪水引入涌动的血脉,阿勒泰的河流轻声慢语,找到大地的丰收与羊群,找到飘散的炊烟与灯火。

它们波光粼粼,接纳并扩展着来自草木、鸟兽、牧群的歌声,一如母亲。

额尔齐斯河里有车辇,乘着月亮往西北去。

吉木乃山溪里有歌声,平平仄仄,从萨吾尔山上下来。

乌伦古河里有一双手,把我的影子揉进怀里,再把它像镜子一样展开。

五十六条河流哟,五十六根冬不拉琴弦,它们的梦被梦送走,它们的阳光银闪闪。

风

阿勒泰的风骑在马上。

风骑在马上,把雪种入土壤。而后,你不想它,它也绿了。

阿勒泰的风站在山上。

风站在阿尔泰山上,掰手腕。北风赢,阿勒泰银装素裹,雪半年不化;南风胜,阿勒泰瓜果脆甜,遍地牛羊遍地花。

阿勒泰的风走在草原。

风走在草原,俯身亲吻湖泊。那些星星睡了,湖面上,有许多的梦,在微微荡漾。

我爱阿勒泰的风。

它站起来,拍打着山肩的雪花。

它趴下去,梳拢着草儿的发髻。

我爱阿勒泰的风。

"嗖嗖嗖",吹得白桦树一边长,牛羊窝成一窝,太调皮!

"呼呼呼",呵得毡房星罗棋布,大山五颜六色,好乖巧!

我爱阿勒泰的风。

有时,它把云彩拉下来,绕在阿尔泰山山腰。

有时,它把云彩捏成一只慢吞吞的骆驼,跟着我。

哦,阿勒泰的风,多像我的亲人!

想家的时候,它直把炊烟摇曳。

想你的时候,它已将月光弹响。

雪

雪来,草没了。羊来,草没了。

阿勒泰的诉说(组章)

阿勒泰的羊,是不是就是地上的雪?

阿勒泰的雪,是不是就是天上的羊?

雪,纷纷去了戈壁,戈壁中有风化的羋声;雪,纷纷去了草原,草原上响起逐渐变黄的声音。

羊群径直走过河道,河道是细下来的琴弦。牧歌轻轻赶着羊群,羊群"咩咩咩"扬起,头顶雪花的声音。

白是雪的命根子,雪是羊的命根子,羊是牧人的命根子,牧人是阿勒泰的命根子。

阿勒泰的雪,像阿勒泰唇齿间的词语,一字一字,一句一句,白白的,一冬不化。化时,都成了蝶。

阿勒泰的雪无论怎么深,都不藏牧犬,也不藏炊烟。哈萨克族大叔的歌声落在冬不拉上,似雪花上的阳光。

"哞哞哞""咩咩咩"的叫声,似珍珠,雪用绒暖的手,把它们捧起。

冬不拉琴声婉转的毡房,假装不是水珠,当雪用柔软的唇,将她含住。

喜欢雪。

喜欢走进阿勒泰纷飞的大雪里,做一个倾听的人。然后,和它大地上写满季节交替变换的新词语,一起,小于一,大于一。

喜欢阿勒泰的雪。

风,自阿尔泰山上下来,从背后抚摸着白桦树身上的雪。

亲爱的,

等你,我是雪下的白桦树;

你来,我是白桦树上的雪。

马

马,是阿勒泰心里漫来又漫去的云。

云,是阿勒泰牧歌上没有缰绳的马。

我看天空时,马群在驰骋,云,一下子全没了。

云乘着翻越阿尔泰山的北风而至,一抖羽翼,阿勒泰白雪皑皑。

白雪皑皑,跃上山冈的马,像丢了什么。

马不想草原,草原也绿了。草原上的草,是马舌尖上的豹子,是马舌尖上的炊烟。

只有草原可以打开马血液里的静默,只有草原可以锁住马血液里的风暴。

马在草原梦到草原。马梦到草原的时候,天空又亮起一颗星星。

然后,月亮出来,像手鼓,响起风声,响起犬吠,响起冬不拉琴声。

冬不拉琴声中十万马匹,仿佛一夜之间吃完汹涌的青草。

马鞍上有翅膀,骑手跃上去,草原飞起来。

马蹄下有风,收了星星的网,把珍珠撒地上。

马眼睛里有情,只有牧歌可以落进去,日出,荡一下;日落,荡一下。

在某一时刻,马,是不是一样会咬紧牙关?

在泥泞中跋涉,马,是不是一样会打滑、摔跤?

从那座山上淌下来,马群像汗水,远远望着它们,我突然想起,父亲在土里刨出的生活,母亲在厨房点着的柴火。

五十六条河流,阿勒泰的五十六支牧歌,嚼碎一支,你就是马匹。

五十六条河流,阿勒泰的五十六根缰绳哟,握一根,就走不丢。

冬 天

冬天把阿勒泰的云朵抖到了地上,一听见牧歌,它们就化了。

冬天把阿勒泰的心事,放到了冬不拉琴弦上,一根青草离离,一根奶酒飘香。

冬天把阿勒泰的牛羊马驼赶往了家里,它们翻下戈壁,一句比一句阳光,像河水流淌;它们走在路上,"哞哞哞""咩咩咩",一声接着一声脆响,好似浑圆的铃铛。

走进冬天,阿勒泰琴弦一样的河流,渐渐交出了自己的石头,小的似麻雀,大的像鹰,雪花落上去,它们飞起来。

走进冬天,冰雪包裹的阿尔泰山脉像夹心奶糖,而星星,是我们吃不到的冰糖,只能被我们的体温,融化在梦里。

走进冬天,一匹马站在那里,雪花都落了下来;一棵树站在雪花里,没有叶子落下来。

冬天,阿勒泰的很多东西还在高处,云杉枝头的青绿,冬不拉琴弦上的情歌,还有热气腾腾翻过山冈的嘶鸣。

大雪纷纷。雪落在干燥的戈壁滩上,"沙沙沙",雪落在雪上,"沙沙沙"……冬天,在阿勒泰倾诉,就是倾听。

哦,猎鹰飞上去,云就掉下来,草儿趴在那里小声一喊,牛羊马驼成群成群找上了山冈

阿勒泰的诉说(组章)

的阿勒泰——

　　我爱你珍珠般洒落的毡房；

　　我爱你额尔齐斯河的荡漾；

　　我爱你五颜六色花儿的声音；

　　我爱你空中一匹一匹奔来的骏马,草里一朵一朵漫去的白云。

　　一朵挤着一朵,一排挤着一排,一片挤着一片,盛开的向日葵,像二十来岁的姑娘小伙的阿勒泰；

　　握一支牧歌,就能打捞出那漫动在草海里的星星和云朵；

　　捧一杯奶酒,就能采撷到那奔腾在十万马匹中的喘息和静默的阿勒泰；

　　图瓦大叔唇间,一尺芦苇做的苏尔扬起苍茫,摘下一片云霞,禾木草原微微荡了一下,又荡了一下的阿勒泰；

　　含着喀纳斯湖的阿勒泰哟,在冬天,是朵云。

　　我总是梦着你,生怕你,飘走。

◇
李东海

吉木乃随想（组诗）

作者简介：
李东海，诗
人，文艺评论家。

萨吾尔山

吉木乃睡在六月的草原上
我们，睡在了萨吾尔山上
惬意的晚上
星星的眼睛
布满了整个吉木乃的夜空
让诗歌飞翔在六月的草原

六月，萨吾尔山
在风中起舞
像个英雄
在草原上高蹈
诗歌，静卧在萨吾尔山的怀里

草原石城

巨石横卧
是上帝掷出的骰子

吉木乃随想（组诗）

在萨吾尔山上星罗棋布
还有什么
能比草原石城
更高傲的头颅

在西部新疆
一个巨人的胸怀
像草原辽阔的原野
一望无际
今天，我站在萨吾尔山上
遥望阿尔泰的草原
扇形的地平线
天边无限地铺展
草原石城
一个梦幻的城郭
在中国西北的天际
静谧地安卧
风
静静地爬过了山脊
向我们张望

初夏的西部
诗歌的到来
让草原都换上了盛装
在遥远的天边，为你歌唱

于是，一个临盆的婴儿
在草原石城，呱呱坠地

木斯岛冰川

苍白的头发
自山的峰顶，款款地披下
像一个老人的故事
在山崖哗哗地流淌

木斯岛冰川
一个地质年代的标本
珍藏在了
西部新疆的怀里

◇ 克 兰

阿勒泰（组诗）

作者简介：

克兰，本名常铖，满族，作家，1984 年 9 月在阿勒泰参加工作，2019 年 1 月退休。十行诗是他独创并喜爱的一种诗体。

出版诗（文）集《我不是阿肯》《再见阿勒泰》《科技的脾气》，另创作有文集《鱼的错误》《门外谈美》等。

阿勒泰

我什么都不是。在你闯进我的梦
之前——我已久坐在你的身边
听额尔齐斯河年年月月天天
眼睛不能告诉我驼峰离我多远
河水告诉我什么叫甘甜怎样甘甜
我喜欢在遥望中想象你的容颜
喀纳斯容得下天上的星星容不下
我——我已经坐在你的身边
伸出手——抓起每一块石头
都能敲出一段有关金子的故事
比十月的落叶更缤纷更诱人的
雪花堆起的春天及四月的初潮
羊——群——如——云
牧——歌——如——鹰
麦——浪——如——洪
羊肠小路如孕纹，山将要分娩
我是什么——我已久坐在你身边
等待——等待一条河的诞生
我是一双永远填不满的眼睛

阿勒泰(组诗)

阿尔泰山岩画

跋山涉水之后

眼睛饱了。暗想

我肯定比这画得更好

好上百倍

然而我晚生了一千年

我只有写诗

写诗也写不过李白

我只好沉默

沉默也沉默不过岩石

我只好歌唱

唱,我绝对唱不过阿肯

我只有聆听

听也听不完这千年的绝唱

我只能冥想

我看到嶙峋的山羊

在嶙峋的山崖上

一边吃草一边"咩咩"

狼,在山谷里仰望

◇
朱 漠

阿山杂咏十五首（平水韵）

作者简介：

朱漠，新疆书协会员，阿勒泰地区书法家协会副主席，中国书法家协会西部书界系列研修班、国家艺术基金西部艺术人才培养项目书法班成员。

梦回额尔齐斯

蜿蜒玉带绕川梁，
一路悠歌向远方。
梦里依稀芳苑景，
何寻风物胜原乡。

（注：额尔齐斯河是我的第二故乡阿勒泰的母亲河，滋养着那儿的山川牧野，哺育着那儿的万物生灵。）

将军山传奇

将军威武化苍山，
虎踞龙盘镇塞关。
从来英名无觅处，
却留豪迈在人间。

阿山杂咏十五首（平水韵）

托勒海特之夏

阿山自古多胜景，
最美莫过介乌川。
莽莽苍苍穹顶下，
牛羊嬉戏鹤飞天。

（注：托勒海特，意为仙鹤栖息之地，
是被哈萨克族牧民誉为天堂的地方。它
是阿勒泰深山夏牧场，1995年6月我曾到
此地一游，怀念至今。）

幽谷白桦林

新装灿灿迎秋凉，
玉体亭亭蕴暗香。
静洁不沾烟火气，
翩然仙子落幽乡。

深秋白桦林

素妆淡雅染清霜，
俏态娉婷扮玉娘。
如蝶云裳随性舞，
悠歌一曲向秋阳。

阿山冬韵

天苍地莽琼花舞，
牧野峦川变俏颜。
谁著画诗千百卷，
浓情雅韵赋金山。

喀纳斯湖天台远眺

天台眺望苍山远，
满目清波下碧川。
几度烟云迷眼乱，
恍然梦里已成仙。

彩妆月亮湾

七彩穿云降碧湾，
峦川作布绘斑斓。
深秋月亮湖边走，
堪比神仙落尘寰。

卧龙湾遐思

熠熠冰峰绕薄烟，
幽幽天水漫青川。
龙王不恋东宫好，
醉卧清波作长眠。

神仙湾即景

漫川苍树笼轻烟，
一望清波映碧天。
骑牛牧童逢远客，
指言湾里有神仙。

（注：月亮湾、卧龙湾、神仙湾为喀纳斯河三处著名水湾，风光旖旎，富于传奇。）

冬访神湖

山川一夜飘银粟，
旷野平湖雅韵生。
俗客喜观霜后景，
骚人独悟雪来情。

夏到禾木河

清波潋滟兴幽谷，
树蔓葱茏接莽梁。
醉客迷情山水景，
自言闲浪到仙乡。

禾木中秋夜

云收霞隐苍山静，
星耀霜飞牧野空。
庚子中秋圆月夜，
幽台独坐对穹窿。

山乡冬日

褪尽深秋七彩装，
冬来只着素衣裳。
小村原野空山静，
风火孩童戏雪忙。

图瓦人家

木屋煮酒话西征，
犹听疆场战鼓鸣。
牧狩千载隐世外，
牛羊相闻不相争。

（注：相传图瓦人是成吉思汗西征时留在喀纳斯湖一带的伤残士兵的后代，他们隐居于山水之间，放牧狩猎，生儿育女，过着与世无争的牧园生活。）

◇
宁　明

走近阿勒泰（组诗）

作者简介：

宁明，空军大校军衔，特级飞行员，毕业于俄罗斯加加林空军学院。一级作家，中国作家协会会员，中国诗歌学会理事，辽宁省作家协会全委会委员，曾任大连市作家协会副主席，辽宁省作家协会第六至第八届签约作家。出版诗集《态度》，散文集《飞行者》，儿童文学《飞翔的青春》等。获辽宁文学奖诗歌奖、散文奖，第四届、第六届全国冰心散文奖等。

夕阳下的羊群

走在羊群前头的羊
嫩草就是它们的眼睛和耳朵
还有鞭梢，在空中
不断打出的每一个清脆的响指
这些都在为羊的两瓣脚尖选择方向

羊的一生，一直都在感恩草原
和农家的秸秆、菜叶以及偶尔的食粮
它们从不把剪羊毛的剥削者
和那些谋财害命的人视作自己的仇敌

跟着领头羊谋生的羊群
无须思考每日的夕阳几时落下
也不必忧虑去何处寻找下一个牧场
只要跟着大家走，就会躲过
身后的鞭影和不由分说的怒声呵斥

走近阿勒泰（组诗）

今天,我跟在羊群的后边欣赏风景
面对这些悠然自得的羊
忽然发觉它们比我更显从容与幸福
也许在羊简单的眼神里,压根儿看不起
把生活过得复杂而沉重的人类

可可托海

寻着一曲风靡世界的情歌
我终于走进了可可托海
原来,这里的石头都会说话
它们不仅仰卧在额尔齐斯河床上唱歌
也在额尔齐斯大峡谷的牧道上
主动与路过的牧羊人谈情说爱

额尔齐斯河是个烈性的女子
她不向往其他省市,也不肯委身大海
索性一转身,策马奔向了异域他乡
在北冰洋最寒冷的地方
终于找到了属于自己心中的家

在阿尔泰山深处,传说着太多的秘密
飞过这里的鸟群和迁徙经过的羊群
都迷恋这个能将羽毛冻裂的地方
它们年复一年地回到这座山里
为的是重新燃起心头的火焰

我在神钟山下寻到一块透明的石头
写上了阿米尔萨拉峰的名字

将这座山峰带回家,就是将可可托海
迎娶进一座别人找不到的宫殿
从此,我们相敬如宾,厮守终生

喀纳斯湖

在喀纳斯湖上掬一捧清凉的水
一口就能喝下半湖月光
这些从冰峰上走下来的水比酒还醇
让对美色贪杯的人,举杯
便沉醉不醒

谁也打探不出喀纳斯湖的城府有多深
清澈,不过是它故作肤浅的假象
在喀纳斯湖上踏浪飞舟的人
一不小心就会犯下不知深浅的错误

躲在深山密林里修炼的喀纳斯湖
静若处子,波澜不惊
每一朵雪花都是它收回的思绪
那些远在天边的风,要走很长的路
才能捎回外边世界的声音

从不炫耀自己拥有一千三百多米的身价
低调而内敛的喀纳斯湖
轻轻抛出一条蜿蜒的绿丝线
将一枚如玉的蓝月亮,腰牌一样
缝在了阿尔泰山的半山腰上
让夜空的星辰,天天羡慕不已

走近阿勒泰(组诗)

禾木的秋天

上帝也有不小心的时候
一到秋天,就掩饰不住爱美的心
慌乱中总是打翻手中的调色板
把禾木的山山水水
染成了一望无际的浓妆艳抹

这里的每一棵树都爱追时髦
它们焗出满头彩发,和炊烟一起飘扬
红的黄的绿的紫的色彩扑面而来
让我不禁疑惑,仿若在禾木
就能找到医治色盲的灵丹妙药

我喜欢在禾木草原上坐井观天
看漫天斑斓的花朵在云朵上绽放
犹如打着倒立看世界的少年
忽然发现了禾木村太多古老的秘密

禾木河画下的这条楚河汉界
阻挡不住鸟儿追求幸福生活的渴望
它们飞来飞去奔忙的身影
将禾木河两岸图瓦人的小木屋
像星星一样,点缀在了金色的天幕上

夜宿白哈巴村

一年四季,色彩鲜明的白哈巴村
穿着风格迥异的民族盛装

因我只能来拜访一次白哈巴村
这就注定了要错过另外三季的景色
并留下三重千里迢迢的遗憾

我在中巴车上小憩的时候
瞑目幻想,到达白哈巴村后
嘴里含上一枚树叶,打着响亮的口哨
骑一匹雪山一样高大的骏马
闯进白哈巴村五彩树林的深处
在那里寻找一条传说中的时光隧道
策马穿越千百年前的春夏秋冬
把嫩绿的青翠的金黄的银白的色彩
统统捆在马背上强行带走
从此,做一个扬名天下的窃花大盗

白哈巴村仿佛看透了我的心事
遂用香喷喷的手抓饭和烤全羊盛情招待
并佐以美酒和一夜的笑语欢歌
微醺中当我再次打量白哈巴村时
仿佛竟是那位在梦中见过的红颜知己

我要在白哈巴村做一个偕睡的人
找一万零一个理由晚些醒来
把这里的彩树鲜花牛羊森林和雪山
留在一个半敞门扉的小木楞屋里
将这个黎明前的浅梦,抻得比晨光还长

阿勒泰白沙湖

上苍洒落的一滴深情的泪
被沙丘围困了千万年
至今不增不减,痴心不改
像一只望天的清澈明眸
任风沙百般迷惑,永不混浊迷离

懂你的人不仅有芦苇和菖蒲
还有野鸭与睡莲,它们和岸上的白桦林
都愿与你一起守望蓝天和星空
而从不计较,忽冷忽热的世间冷暖

无论远处的鸣沙山是金色还是银色
都不会是你远行返乡的盘缠
一方水土涵养一方独特的风景
哪里有爱,哪里便是寄身的家园

我决不追问,你谜一样的身世
也不祈望能涌起滔天的波澜
只有内心平静的一池碧水
才能把倒立的山峰、树林和苇草
托举到与白云一样的高度

禾木草原

当一位画家,在展开的画布上
画下雪峰、森林、草地、蓝天、白云
我期待,有几幢错落有致的小木屋

即将在平坦的草地上出现
它们倾斜的屋顶,恰好切开金色的阳光

这里的羊群,日子过得很安宁
像远方的雪山,一直定格在草原的尽头
一只羊低头吃草,或抬头望天
都是草原的画面中最和谐的姿态

隐藏在群山之中的禾木草原
和世世代代的图瓦人相依为命
有时,他们只需一勺白蜂蜜
就能把朴素的生活调制得格外甜蜜

禾木河是一根为草原接生的脐带
让这里的青草永远鲜嫩如春
轮回的生命,一如河水泛起的浪花
每一朵都似曾相识,心境却又绝不相同

乌伦古湖

俗名叫大海子与小海子的两块碧玉
仿佛悠久的感情藕断丝连
自从她们之间的亲密关系
被卫星俯瞰偷拍之后
便再也没有了可以掩饰的秘密

只有乌伦古湖和吉力湖自己心里知道
她们姐妹的感情有多深厚
八千米的库依戈河是一条坚韧的纽带

走近阿勒泰（组诗）

让牵手的姊妹俩永不分离

一条狗鱼从淡水游向咸水
与另一条五道黑逆向擦肩而过
辽阔的乌伦古湖与玲珑的吉力湖
不仅血脉相连，而且喜欢以鱼传情
她们已过惯了咸淡相宜的日子

乌伦古湖让见过大海的人
在茫茫戈壁中再次邂逅了大海
这片谦称为湖的辽阔海域
以清澈见底的坦诚，让印象中的海浪
从喧腾回归到了蓝宝石的安宁里

来乌伦古湖，若赶上冬捕时节
一场福海鱼宴是必不可少的馈赠
这里的七姐妹和引进的外地名贵鱼
争先恐后展示鲜美，让慕名而来的舌尖
在啧啧赞赏中，有些显得语无伦次

将军山滑雪场

在将军山前，许多人终于醒悟了
往山顶上爬的时候才最艰难
不仅需要缆车吃力地帮忙运送
还要有点不怕从空中意外坠落的胆量

没有比从高峰滑向低谷更加省力
无论途中编造出多少花样

都改变不了一路向下的运势
所有的景致一闪而过
滑雪者无法看清它们惊诧的表情

在大势面前，再没有哪一片雪花
仍像从天而降时那样天真
人推不推舟，它都会顺水而下
对于雪的劝阻，雪橇历来都置若罔闻

我要重新审视这些雪花的动机
它们在纵容冒险者冲下山去
去尝试一次次跌倒的失败
却对最后一次成功，扬起
由雪橇划出的一片白花花的赞美

可可托海矿坑

我无须查看化学元素周期表的花名册
便能如数家珍地呼点出
同一个班级里八十多位稀有"学生"的名字
你们聚集在一顶硕大的草帽教室里
几十年过着隐姓埋名、刻苦攻读的日子

你们的名字里大都含有一个金字旁
就连读音，也都显得异常稀有
如果有人偷懒不去查字典
只按经验读成半个汉字的发音
就可能闹出，将一个名字呼错的笑话

比如,那位发上扬音的铍同学
成绩总是名列前茅,且稳居全国第一
当他被派往制造飞机、火箭的特殊岗位时
一直在扮演台柱子的重要角色

你们走过的螺旋线道路
更像是一条盘在矿坑里的绳子
每一步都在爬坡中上升
每人都想,把一个一穷二白的国家
早日拉上与他人比肩的岸上
你们责任重大,甚至需要严格保密
因为一头牵着国防的安危
另一头牵着国家的荣誉与形象
如今,当你们站在世界的聚光灯下
和伟大祖国一起分享受人尊敬的目光时
便不愿再提及,当年有人
撕毁友好合同留下的那道疤痕

布尔津卧龙湾

喀纳斯的河水生来爱美
遇见伟岸的峻岭或胸肌发达的凸岸
总会忍不住放缓脚步,打量慨叹一番
并会打个漩涡,再恋恋不舍地离开

卧龙湾的碧水更是喜爱浮想联翩
在岸边冲出一双河湾的臂膀
让青山和草甸,将自己柔软的细腰
半推半就地揽进岸的怀里

山水相爱,自古就天经地义
他们在这里终于降生了自己的孩子
这条从小就在河中嬉水的小龙
从此让一道河湾拥有了一个龙的名字

追在蛟龙身后的那一座害羞的小岛
正悄悄把自己装扮成一只凤凰
我站在公路旁的侧碛平台上
分明是在欣赏,一场已上演千万年的
天作之合的爱情大戏

喀纳斯神仙湾

喀纳斯湖水心血来潮的时候
就会涌向山涧,把那里的森林和草地
围拢成一座座美丽的小岛
并烘托出一些云雾缭绕的气氛
去编撰一个与仙人有关的神话传说

这些形影不离的葱茏的群岛
手牵着手,在搀扶着蹚过喀纳斯河
迷人的湖水用变幻莫测的色彩
牢牢地吸引住了它们行至河心的脚步

有时,晨光还故意撒下一些碎银子
让这片神秘的浅滩平增几分珠光宝气
那些闪闪发光的宝石,捉迷藏般转瞬即逝
让岸上的捕捞者来不及弯下腰身

走近阿勒泰(组诗)

在神仙湾,心很难再置之度外
甘愿去做一个庸人自扰的凡夫俗子
每一处仙境,都藏在一个好心情里
何况,那一团徐徐而来的白雾
正欲靠岸,邀你登船同游

青河三道海子

没人知道,在一个直白的名字背后
掩藏着多少幽远的诗意
由边海子、中海子和花海子命名的地方
竟还有十几个水灵灵的妹妹
花环一样围拢在绿草如茵的草原之上

这里的姐妹都深爱着远方的乌伦古河
愿意随他去外边看看大千世界
小青格里河很乐意为她们穿针引线
沿着砾石铺就的羊肠小路
一路向西南,日夜迈着潺潺流水般的步子

七十五公里的山路不远也不近
而一个爱情故事却已千万年流传
许多寻找人间美境的男人和女人
沿着曲里拐弯的河床,一路溯流而上
便在一条不宽的山谷里,与一群
喜欢裸浴的海子如期相遇

她们把绿裙子晾晒在平缓的山坡上
裙摆上布满了六月艳丽的花朵
就连漫步的羊群和翩翩起舞的蝴蝶
还有那几匹奔驰而过的枣红马
都迎风鼓荡成了一望无际的不息海潮

可可苏里

在可可苏里,我看到的每一只天鹅
都像是梦里遇到过的情人
我们手牵手,拍打着自由的翅膀
溅起来的浪花,比茂盛的芦苇还高

每一只白天鹅的名字都叫苏珊
每一个苏珊的心里都装着一个少女梦
她们慕名可可苏里,就像又回到了
一个似醒非醒的青春梦境中

那些漂浮在湖心里的绿岛
随风飘动的样子,恰似在有心地翻译
天鹅心中春风荡漾的涟漪
沙沙的响声,掩盖起了太多的喃喃细语

即使做一只野鸭,我也是只幸福的野鸭
在这一方爱的圣地,只要能够
天天以爱为邻,不离不弃
又何必羡慕那些翅族,越过万水千山
含泪滴血,去苦苦跋涉迁徙